MÄNNERHERZEN

Wolfram Hirche
Männerherzen
33 Storys

Außer der Reihe 88

Wolfram Hirche
MÄNNERHERZEN
33 Storys

Außer der Reihe 88

Bibliografische Information der Deutschen Nationalbibliothek
Die Deutsche Nationalbibliothek verzeichnet diese Publikation
in der Deutschen Nationalbibliografie; detaillierte bibliografische Daten sind im Internet über https://dnb.d-nb.de abrufbar.

© dieser Ausgabe: September 2023
   *p.*machinery Michael Haitel

Titelbild: Jan Van Bizar (Pixabay)
Illustrationen: Seite 7: Kev (Pixabay)
    Seite 43: Adrian Campfield (Pixabay)
    Seite 71: Thomas Fischbach
    Seite 103, 136: Wolfram Hirche
    Seite 171: rebel1965 (Pixabay)
Layout & Umschlaggestaltung: global:epropaganda
Lektorat & Korrektorat: Michael Haitel
Herstellung: Bookwire GmbH, Frankfurt (Main)

Verlag: *p.*machinery Michael Haitel
Norderweg 31, 25887 Winnert
www.*p*machinery.de

ISBN: 978 3 95765 350 5

Wolfram Hirche

Männerherzen

33 Storys

Liebeskampf

Elemente der Liebe

Alles hatte er ihr zuliebe arrangiert. Sogar Vorschuss bezahlt an den Urologen, sich zwei Tage freigenommen, unbezahlt. Die beiden Ärzte öffneten ihm, als er endlich auf der schmalen Pritsche lag, sehr sorgsam, lautlos den Hodensack und fischten den Samenstrang heraus, beide Enden, dort, wo er vor gut zwanzig Jahren durchtrennt worden war. Als er damals die Beine gespreizt hatte, als wäre er kurz vor der Entbindung, um den Arzt an sein Skrotum heranzulassen, war er wild entschlossen. Niemals, das wusste er, würde er ein Kind auf diese verrottete Erde setzen. Und seine Gefährtin, Anja damals, wusste das auch. Auch Anja bestand auf dem Eingriff. Sein Mut war männlich – vorbildlich. Es waren die Siebzigerjahre, Breschnew, NATO-Doppelbeschluss, Pershing 2, »Waldspaziergang«, man erinnert sich vage, ach, Anja!

Inzwischen war es allerdings schick, noch mit fünfundfünfzig die eigenen, frisch zu Fleisch gewordenen Gene auf den Schultern durch die Fußgängerzonen zu tragen und im Meer mit ihnen zu planschen. Der Arzt hatte den Strang dort unten gekappt, wo die beiden Fäden zusammenkamen. »Nur ein kurzer kleiner Schnipp«, hatte der Doktor ihn damals angestrahlt, und es war wirklich nichts zu spüren. Bezahlt hatte das Anja.

Jetzt aber gab es Dora D. in Göttingen, dort oben im Norden. Und sie bestand darauf, es wenigstens zu versuchen. Die Chancen, so konnte man in Frauenzeitschriften lesen, standen gut fünfzig zu fünfzig, wenn alles perfekt lief, und sie wollte doch unbedingt ein Kind. Wenn möglich, von ihm. Seine Eitelkeit blieb nicht ganz unberührt. Er buchte den Arzt: Refertilisation!

»Libowski«, grummelte der Urologe, er sprach durch ein grünes Mundtuch zu seinem Assistenten, der sich mit messerscharfem Interesse über Leons Unterleib beugte. Aufmerksamer vermutlich, als dies je eine Frau in Leons Leben getan hatte.

»Libowski, sehen Sie, Sie müssen zuerst einmal die beiden alten Enden aufnehmen. Stop, nicht das Blutgefäß!« Die Hände des Chefs glitten ebenfalls hinunter und Leon spürte einen kurzen Stich, eher ein Kitzeln. Er konnte von den beiden Marsmenschen nur ihre wässrig grünen Hauben und Kittel sehen, und dass sie intensiv zwischen seinen Beinen arbeiteten.

»Wenn Sie das haben, nähen wir dazwischen ein kleines Stück Plastik – hier, der verdammte Strang flutscht weg!«

Libowski hielt jetzt anscheinend das eine Ende mit einer Art Pinzette, der Halbgott nickte.

»Flutschen, verstehen Sie, flut–schen! Sie sollten jetzt wirklich langsam mal Deutsch lernen.«

Libowski zuckte mit den Schultern.

»Polen«, sagte der Chef zu Leon und blickte kurz auf, »gibt es jetzt wie Sand am Meer, gut ausgebildet Kräfte, intelligent und günstig im Preisvergleich. Auch die Sänger in der Oper, alles Polen. Oder Bulgaren, Russen, Rumänen. Aber die brauchen ja kaum Deutsch! Fast alles Italienisch!«

Er sah wieder hinunter.

»Erst gestern Abend, Sie hätten ihn hören sollen, den Germont, diese Stelle im zweiten Akt, piangi, piangi, ein Pole, man hätte glauben können, er ertrinkt in Tränen, verstehen Sie, dieses da–da, da–da, großartig, Libowski?«

Dabei sang der Urologe die zarte Stelle des Baritons leise nach und sah zu Libowski. Der lächelte mit den Augenwinkeln und flüsterte »Libbe, Libbe«.

Der Arzt sah unter seiner Brille hindurch auf die kleine Wunde, die jetzt offen da unten liegen musste.

»Liebe«, sagte er, »desinfizieren, geht physiologisch, Schere, durch diesen Kanal, Tupfer, und durch sonst gar nichts, Libowski. Schön, dass wir davon etwas verstehen. Ein kleiner Stich noch, Opfer wollen gebracht werden vor Gott.«

Sie fingerten zu zweit etwa fünfzehn Minuten da unten herum, Leon schaute auf die Uhr, um sich abzulenken – er konnte nicht sehen, was sie genau machten. Es gab keine Monitorbegleitung und außer der Stimme des Urologen war nichts zu hören. Er summte immer noch das »piangi, piangi, piangi« und erteilte zwischendurch knappe Anweisungen: »Halten«, »Schneiden« »Nähen«, »Traviata«, er blickte kurz zu Libowski, »schon mal gesehen?«

Und dann zu mir: »Sie müssen schon einige Probeläufe machen, bis es klappt, mein Lieber. Nicht zu oft natürlich, in Ihrem Alter, nicht zu kurz hintereinander – wir sind keine zwanzig mehr. Erst ein, zwei Wochen ansammeln lassen, damit die Menge stimmt, dann wieder bei mir melden. Kontrolle!«

Sanft und mit flinken Männerfingern schlossen sie die offene Stelle in der Mitte des Körpers, im Zentrum seines Lebens, wenn man so wollte. Die Stelle erinnerte, glatt rasiert, an den vergilbten Tabakbeutel seines Großvaters, abgegriffen und mäßig gefüllt.

»Ein kleiner Bluterguss in den kommenden Tagen sollte Sie nicht erschrecken, manche Stellen im kritischen Bereich werden bläulich. Das gibt sich ganz von selbst.«

Tatsächlich lief die ganze Partie in der Nacht derart schwarz an, dass Leon glaubte, alles sei abgestorben, Nekrose, sofortige Amputation, aber nach fünfeinhalb Tagen war es dann gut. Er bestand alle Tests tadellos. Seine Hoden arbeiteten »tipptop« und »erstklassig«. Bei einem Volumen von drei Millilitern warfen sie immerhin noch neunzig Millionen Spermien in einem einzigen »Durchgang« aus.

»Für Ihr Alter absolut akzeptabel«, und das Ganze in einen Plastikbecher vor einem großzügigen Poster mit Madonna, die er noch nicht einmal besonders scharf fand. Wie viele mussten es dann erst mit Dora werden! Er stellte sich vor, wie geschmeidig seine Spermien in sie hineingleiten würden, wie eines der neunzig Millionen den Sieg davontragen würde, etwa fünfzig Prozent, so der Arzt, seien progressiv beweglich!

Der Urologe nickte ihm zu, nahm dabei den zweiten Tausender aus Leons Hand und ließ ihn in seine Kitteltasche gleiten. Die Werte waren sehr befriedigend. Der Arzt gab es ihm schriftlich, und Leon faxte den Bericht hinauf zu Dora D., nach Göttingen. Er war fit und bereit, es konnte losgehen. Schon am nächsten Wochenende wollte er hoch fahren – auch ihr Rhythmus schien perfekt abgestimmt auf seine Produktion.

Doch dann kam diese E-Mail von ihr. Jetzt, da er wieder fruchtbar sei, so schwarz auf weiß bewiesen, spüre sie, »das stimmt nicht mehr für mich, Leon«. Er möge ihr doch noch eine Woche Zeit geben. Gab er ihr. Nach dieser Woche folgte eine zweite Botschaft.

»Um ganz ehrlich zu sein«, schrieb sie jetzt – nein, nein, es sei kein anderer Typ, das müsse er ihr einfach glauben, aber er, Leon, sei ihr jetzt einfach »zu viel Fleisch«, mit dieser ganzen Fruchtbarkeit, »früher war doch alles romantischer, um nicht zu sagen, rein seelisch, vor allem in der E-Mail-Phase«. Ob sie nicht noch ein bisschen warten könnten, mit dem nächsten Treffen, es käme doch jetzt nicht auf ein oder zwei Wochen an.

Nach zwei Wochen kam Nachricht Nummer drei. »Wir müssen auf jeden Fall in Kontakt bleiben, lieber Leon, online, das steht fest. Und das ist wesentlich geiler als dieses Tierische, Triebhafte, das die andern ständig bringen! Sehe es vor allem auch moralisch: diese plötzliche, überwältigende Samenmasse, und mein zartes, kleines Ei – wäre das nicht auch Gewalt? Und außerdem, ich komme nicht dagegen an, Lieber, es ekelt einfach total.« Und sandte ihm noch Küsse und bat um Verzeihung.

Leon dachte an sein schönes Geld, das er dem Arzt in den Kittel gedrückt hatte. Zwei Mal. Fehlinvestiert. Aber das durfte er ihr nicht schreiben, sonst wäre sie auch noch menschlich enttäuscht von ihm. Und das wollte er auf jeden Fall vermeiden.

Alte Rechnungen

Dorthin nicht. Dorthin werden wir nicht fahren, nicht wir beide, das ist ihm klar. Niedergüslberg, Schaftlding, Hammersdorf. Den Hund abholen nach einem Urlaub wie diesem. Kommt nicht infrage. Niemals den Hund aus dem Hundehotel, das ist längst klar. Sandra ist das nicht klar, es ist ihr absolut unklar, so wie sie über ihre angebliche Freude auf den Hund redet, die ganze Zeit auf dem Beifahrersitz angeschnallt und zu ihm, dem Fahrer gewandt, ihre miese, abstoßende Hundesehnsucht in einer mindestens eine Quart höheren Stimme flötend, fidelnd, man kann es nicht hier wiedergeben, es ist eine Quart-Vorfreude, ein Hundefreudeschluchzen. Rodden will, seit sie gelandet sind auf diesem nach einem politischen Verbrecher benannten Flughafen, in dieser trostlosen Mooslandschaft sicher ganz woanders hinfahren, und er wird es auch, er wird es. Hat es vorbereitet. Präzise. Hat sich vorsorglich Gauloises gekauft, Rodden, sagt sie, du rauchst, und dann, schrill: Du rauchst wieder!

Ja, ich rauche, sagt Rodden, na und. Er nimmt gleichzeitig einen starken Zug intensiv in die Lungen, stößt den Qualm aus, Sandra, ich habe lange nicht mehr geraucht, aber jetzt brauche ich diese Schwarzen. Er weiß, dass es eine entscheidende Fahrt ist, er weiß es.

Aber wieso rauchst du jetzt, der Hundchen wird es nicht mögen, alles im Auto voll Qualm und Zigarettengestank, Tabak, Teer, nachher, gleich, wenn er da ist! Hier bei uns, im Auto! Denk doch mal an ihn, den Hundi, den wir gleich holen, Rodden, kannst du es nicht lassen? Nach diesem herrlichen Urlaub! Das Meer!

Die kalte Frauenstimme aus dem schwarzen Kästchen sagt; »Nach hundert Metern biegen Sie rechts ab und dann halten Sie sich links, halten Sie sich links.« Pause, dann drängend: »Halten Sie sich links!«

Unser Zwanzigster! Aus diesem Hundedepressionshotel, aber es gab ja nichts Besseres, meinst du, sollen wir ihn holen, wenn er noch da ist, dein Hundelchen, Hundeli, nicht verreckt an Trauer und Isolationshaftfolter!

Sie müssen noch an diesen Dörfern vorbei, fahren vorbei an diesen Ortsnamen, Orten, die keine Dörfer mehr sind, die vor dreißig, vierzig Jahren noch aus zwei oder drei Häusern oder Kuhställen bestanden, Scheunen und vielleicht einem großen Hof, die sich in die Landschaft hinausfressen jetzt nach Norden, der Donau entgegen, eine Wucherung voll einheitlich weißer, gleich und regelmäßig entworfener Ein- und Zweifamilienge- fängnisse, Angstbehausungen, denkt Rodden, Behausungen ge- gen die Angst und voller Angst, in denen jetzt Vogelkundler le- ben sollen, Bienenfanatiker, Insektensammler, wie man hört, Naturliebhaber neuerdings, Naturbetrüger tatsächlich, die mit allradgetriebenen Schwerfahrzeugen im Morgengrauen aufbre- chen in die City, kolonnenweise zur Arbeit. Und im oder besser mit dem Abendgrauen zurückkehren aufs flache Land.

Sandra! Wer weiß, ob Hundelchen noch da ist, noch lebt. Dein Süßerle, Sandy!

Warum sollte er nicht da sein, Rodden, der süße Rüde, willst mir Angst machen, nur Angst! Ständig willst du mir nichts als Angst machen, Rodden! Du sagst, wir stürzen ab, der Pilot ist schwerst depressiv, sagst du, du hast es ihm angesehen, ein psy- chischer Krüppel. Du kennst einen Kumpel von ihm! Du lügst so- gar, um mir Angst zu machen! Er rast gegen die Nordwand des Eiger, hast du gesagt, dann was von Terrorgefahr, du behauptest, einen Funkspruch gehört zu haben, Rodden, was soll das immer? Du machst mich ganz irre! Dabei, ehrlich bist du es selbst: Irre.

Wenn er nicht längst abgehauen ist, sage ich ja, verduftet. Hunde *leben*, Sandra, sie haben einen Willen! Diese Mischung aus uralten Genen und Erziehung, das macht den Willen, San- dy, beim Hund. Er hat Hirn. Er will Freiheit, ein Hund *will* Frei- heit, braucht Freiheit. Und er kennt Freiheit! Ihre Verlockung, ihren süßen Irrtum. Jedes Lebewesen will seine Freiheit, ne ko- mische Sache, wusstest du das?

Mein Hundi hat Seele, Rodden, er ist keine biochemische Kleinfabrik, er *ist* Seele, und deshalb hat er einen Willen, genau wie wir. Und was er für einen hat! Einen unbandigen!

Unbändigen, Sandra, heißt es in Deutschland, nur nicht hier unten in diesem verkackten Bayern. Rodden inhaliert jetzt tief.

Aristoteles, »De Anima«, seufzt er, unsere Theorien haben sich seitdem kaum gewandelt, wir stochern im Nebel, die Kirchenväter haben ahnungslos ein bisschen daran herumgeschraubt, demnach stirbt Hundis Seele mit seinem Hundekörper, während unsere Seelen. Angeblich, naja. Das Hirn völlig unterschätzt, der alte Mazedonier, das haben sie ungeprüft übernommen, Jahrtausende, Sandra, wie kann ein so kluger Mann das Hirn unterschätzen! Aber einer schreibt vom andern ab.

Das glaubst auch nur du, Rodden, Sandra klappt das Sonnenschutzschild etwas runter, um im eingelassenen Minispiegel ihr Gesicht zu kontrollieren, die sanft durch Einspritzungen von Werner Mang am Bodensee korrigierten Falten, diese, wie sie immer sagt, »undankbaren« Haare. Hundileins Seele wird ewig bei uns sein, da kannst du Gift drauf nehmen, Rodden, absolut starkes Gift! Das stärkste Gift, das du findest!

Da muss Rodden lachen. Gift! Reden wir nicht von Gift! Übrigens hast du vergessen, dass unser Zwanzigster ist, heute, hast du das schon vergessen, *Sandra*, das müssen wir feiern, das wird auch gefeiert, unser Zwanzigster, er nahm einen Zug und ließ den Qualm ganz langsam entweichen, langsam und in vielen kleinen Kringeln, während er liest »Tittenkofen«. Noch drei Kilometer bis Tittenkofen, sagt er, fünf nach Mintraching, was haben die hier für Namen, was ist das hier für ein schönes, fantasiereiches Sau-Land! Ich habe, Sandra, den Perignon, die wunderbare Flasche Dom Perignon im Kofferraum.

»Biegen Sie rechts ab, dann bleiben Sie links. Bleiben Sie links!« Drängt die kalte Frauenstimme.

Todestag, sagt sie nach einigen Minuten, in denen sie wieder anderthalb Kilometer über dieses flache, nach uralter Kuhflade und überquellendem Odel, brauner Gülle riechende Land gerollt sind, mein Einundzwanzigster, Rodden, nicht der Zwanzigste, du musst den ersten mitzählen, Todestag! Roddi, Ehetag ist Todestag!

Meinst du, ja. Das meinst du immer, schon lange meinst du das, Sandra, dabei ...

Sie fahren unabweisbar auf Tittenkofen zu, auf Mintraching zu, vorbei an Oberstoging, Grucking, Bockhorn.

Er lacht, Rodden, prustet lachend, keuchend den Rauch aus, Todestag, hast du das gesagt, ganz die Ruhe, wenn ich dich nicht so liebte, Sandra, aber ich weiß ja, wie du bist. Das ist das Problem, dass ich dich so liebe, so wie du bist. So abhängig von dir, als wäre ich dein kleines Mausekind, das weißt du.

Sie schweigen eine Weile. Autofahren, denkt Rodden, ist ureigentlich Schweigefahren. Ein Mann denkt ständig an Sex, hat er gelesen, alle zweiundfünfzig Sekunden im Schnitt an Sex. Oder an Essen, würde Rodden korrigieren, ich, würde er sagen, denke mehr ans Essen. Alle dreißig Sekunden. Es ist auch im Auto zum Reden nicht schlecht, man kann sich nicht in die Augen schauen, manche mögen das ja, augenlos reden. Wozu Augen! Wozu sich anschauen, immer diese dogmatische Anschauerei! Man weiß doch längst, wie man aussieht. Im Auto spricht sich's am besten, gerade weil man sich nicht anschaut. Ein Dorf rechter Hand, ein Spitzkirchturm, schau mal, hier haben sie keine Zwiebeltürme, nein, hier hatten sie kein Geld für Zwiebeln.

Warum brauchst du immer diese billigen materiellen Erklärungen, Rodden, dieser billige Vulgärmaterialismus! Du bist so ein verdammter seelenloser Billigheimer! Mein Hundelchen, der ist ganz anders, ich freue mich so auf den kleinen, süßen Seelenkerl. Er, er ist mein Seelenkerl, weißt du das?

Schaftlding, liest er leise, wir sind goldrichtig hier, Sandra. Dieses grauenhafte Land hier! Dieser Köter, sagte er, wird dich bald wieder bespringen, Grucking, schau! Dieser Hund, den du verzogen hast von Anfang an, der mit dir macht, was er will, ja, der dich nur andauernd bespringen will! Deshalb liebst du ihn.

Ich verbiete dir, das zu sagen, was redest du überhaupt, Rodden, Scheusal, ich hasse dich, ich habe dich schon lange gehasst! Aber du wirst es bereuen, du wirst es noch tierisch bereuen! Sie schluchzt in sich hinein, sie hat Angst vor Rodden, vor seinen Ausbrüchen, seiner »Tobsucht«, wie sie sagt, wenn sie erst wieder zu Hause sind.

Er grunzt, drückt die Gauloise aus am Navi, musst ruhig bleiben, Rodden, nur nicht das Steuer verreißen jetzt, kurz vor dem Ziel, kurz vor Taufkirchen; es ist doch alles vorbereitet, der alte Freund, der Psychiatrie-Chefarzt in Taufkirchen, Max, ein Kumpel aus alter Studentenzeit, alles in bester Ordnung nach Recht und Gesetz präpariert! Und doch: Immer besteht die Gefahr, das Steuer plötzlich zu verreißen, sich in einem Traum, einem tieferen Gedanken zu verhaken im unteren Filz und Wurzelbereich der Gefühle und, abrupt herausgerissen durch ein Geräusch oder etwas Visuelles aus der äußeren Realität, aus der andauernden Mahlzeit inneren Versunkenseins, das dieses Autofahren ja darstellt, entrissen zu werden und das Steuer um zwei bis drei Grad nach rechts zu verreißen bei hoher Geschwindigkeit, nach links und mit den Rädern im Moos zu enden, oder im Moor, wer weiß, was da drunter ist, wenn man abkommt, unter der dünnen Schicht von losem Schotter oder Gras! Gülle sicherlich, stinkender, schmatzender Morast, in diesem, ach was. Land! Bei diesen bayerischen Charakteren. Diese glibberige Schicht von Kultur.

Max kannte mit Patienten kein Pardon. Hat es ihm selbst erzählt. Er ließ sie anbinden oder medikamentös sistieren, Risperidon, sobald es irgendeinen Ärger gab. Die wollten ja ständig raus, schrien, belasteten das Personal Tag und Nacht, waren dement und hätten Aufsicht gebraucht, Pflege. Sie liefen dem Mond entgegen, dem Venusstern hinterher, wollten zum Flughafen! Sprangen in den nahen Bach. Den Hang hinunter mit nassem Gras, glitschig und weich und in den Fluss hinein.

Und Max hatte die Deckung des Richters, immer. Das Amtsgericht Ebersberg, da gab es keinen Ärger, alles lief rund und abgestimmt. Ein Rädchen griff ins andere. An diesem brutalen Gericht in Ebersberg, dunkelstes Bayernland, wurde nie lange gefackelt. Antrag aus Taufkirchen? – Durchgewunken, legal, absolut!

Im Tomtom-Navi hat er »Taufkirchen« eingespeist, Taufkirchen an der Ilz, die Adresse der Klinik, finsterstes Hinterland, ich gehe auf die sechzig zu, sagt er, und du auf die fünfzig, Sandra, wir können noch ein paar schöne Jahre haben, jeder von uns, dann ist Schluss, und du wirst, das ist Statistik, danach noch lange ohne mich leben und das Hundelchen wird dann auch schon tot sein, nach menschlichem Ermessen ist das alles klug und gut so, und du hast dann ein neues Hundelchen und ein neues Mannelchen. Was sollen wir uns heute noch groß aufregen. Muss nur noch kurz mal bei Max vorbeischauen.

In der Klinik wartete Max, der alte Freund aus den Zeiten der Rebellion auf ihn. Dieser lachhaften, lächerlichsten aller Rebellionen! Strammer Stalinist, entflammter Gegner der sogenannten Trotzkisten damals, Chef der K-Gruppe Süddeutschland zusammen mit Horlemann. Heute ist Max Professor Max Koscinski, wir sind angemeldet bei Professor Koscinski – ach jaja, kommen Sie herein, der Professor erwartet Sie schon und so weiter, Rodden kann sich vorstellen, was abläuft, hat alles telefonisch und per E-Mail abgeklärt, alles en detail! Meint er, denkt er. Koscinskis Laufbahn war glatt verlaufen, übers Max-Planck nach fünf Jahren, beste Empfehlungen, direkt hinaus in die Klinik Taufkirchen, Psychiatrie, dreihundert Betten, eine kleine, aber tadellos pulsierende, streng geschlossene Abteilung. Alles glänzte neu, alles stand auf Zack – wie er es immer schon gehalten hatte, straff vertikal organisiert, keine Sperenzchen bei Stalin-Koscinski. Wer anderer Meinung war, wurde kaltgestellt, ausgeschlossen, wurde sozial liquidiert. Die Rädchen liefen gut geölt ineinander – Antrag, professorales Gutachten, Gericht, Einweisung, Sandra! Aber ich bitte dich, hatte Max am Handy gesagt, als er ihn von Lagos an der Algarve aus anrief, von diesem Strand, wie hieß er, Donna Anna, ja, während Sandra unter Wasser lag. Großartiger Strand. Felsalgarve, Höhlen, Buchten, wuchtige Wellen. Paranoide Schizophrenie. Du hast noch einen gut bei mir, Luis Rodden, wir nehmen sie in Obhut, Haus 8, solange du das brauchst, deine schöne Sandy! Das wird sie beruhigen – ist mir klar, dass du das brauchst, Luis! Und dass es sie so schwer erwischt hat, bedauerlich, wer hätte das gedacht! Auch nicht einfach für dich, nicht einfach. Ja, kommt bei mir vorbei, ihr beiden, nach Taufkirchen, ich freue mich!

Wie er so reden könne, Rodden, so negativ! Nach diesem Urlaub. Diesem herrlichen Schnorchelurlaub, meint Sandra. Das sei wieder typisch, dieses Negative! Sie will nur zu ihrem kleinen Prinzi, von etwas anderem könnte sie jetzt gar nicht sprechen, der Kleine, Süßerle, Lieberle würde sie sicher schon schwer vermissen, er würde an nichts anderes denken als an sie, die ihn allein gelassen hat in dieser Pension. Sicher war das die teuerste und beste Hundepension der ganzen Gegend. Viermal freier Auslauf pro Tag, Spielstunde, Apportieren, Medikamente und so weiter, aber dennoch gewissenlos, ein Verbrechen. Prinzi werde es ihnen nie verzeihen. Es ist sooo schrecklich, Rodden, was wir gemacht haben, ihn so zu verlassen, nur um ein bisschen zu schnorcheln, wieso konntest du es zulassen?

Er wird, sagt Rodden, mag sein, vielleicht ein paar Tage kürzer leben deswegen, das kann ich mir schon gut vorstellen, das geht ihm auf die Leber, die Nieren. Stundenlanges Heulen, Jaulen, ja, das geht ihm ab vom Leben, am Ende.

Du bist so herzlos, Rodden, ein so seelenloser Egomane! Sie könne nicht an ihr fernes Gesamtleben jetzt denken, ans Altwerden, Sterben, ständig bringe er diese grauenhaften Gedanken auf den Tisch; permanent mache er ihr diese Angst! Ständig würde er sich als der Philosoph aufführen. Selbst als sie oben am Cabo San Vincente standen, aufs blanke, eisigzarte Meer hinunterschauend, fing er mit dem Tod an. Sandra weiß plötzlich wieder haargenau, wo er abbiegen muss, um in dieses »Haus Dogparadiso« zu gelangen, es kann nicht mehr weit sein. Göttersbach, ruft sie plötzlich, hier Rodden, hier musst du links! Verdammt Rodden, du zerstreuter alter Esel, hier links!

Aber Rodden bleibt ganz ruhig. Damit hat er gerechnet. Wir fahren doch immer über Taufkirchen, Sandrachen, Kind, erinnerst du dich nicht? Es ist zwar etwas weiter, aber dafür schneller! Breiter! Das Navi sagt geradeaus, hast du gehört. Nach achtzig Metern geradeaus, der Tomtom irrt sich nicht.

Rodden weiß, dass es nach links gegangen wäre zum Hundehotel. Sie weiß es auch. Sie lässt es laufen, hofft auf letzten Trumpf. Sie scheint zwar meist zu schlafen, aber das weiß sie genau. Wenn er sie Kind nannte, das warnte sie, da ist etwas, sie weiß es ja sehr genau. Wie es zu Prinzi ginge! Sie fahren nach dem Urlaub in Portugal jetzt vom Verbrecherflughafen im Moos direkt zu der Pension, in der dieser Hund zwei Wochen untergebracht war, während sie an den Stränden der Westalgarve geschnorchelt hatte. Sandra hatte allein geschnorchelt. Rodden hatte sich Bücher über den Dreißigjährigen Krieg mitgenommen an die Strände, dieser deutsch-europäische Wahnsinn, der nach seiner Meinung alle künftigen Katastrophen im Keim in sich trug, eine typisch deutsche Todesmeisterleistung, ein Grundsatzirrsinn, der vom Schwedentrunk, bei dem die bayerischen Bauern und Bürger ihren eigenen Güllesud oral eingeflößt bekamen, direkt in den Zweiten Weltkrieg führte! Hier oben in Taufkirchen Gülle getrunken! In Ebersberg Gülle, in München Gülle gesoffen, heiliger Schwedentrunk! Sie stammen alle von Gülletrinkern ab hier, und das merkt man! Aber nach links konnte er jetzt nicht abbiegen, er wurde in der Klinik erwartet. Göttersbach oder Götzenbach ist vorbei, die Hundepension passé, das gemeinsame Leben mit Prinz, dem sensiblen Dalmatinerrüden und Sandra war in diesem Augenblick beendet, als er an der Abbiegung Göttenbach vorbeirauschte, eine neue Zigarette, neue Gauloise anzündend.

Sandra scheint zu schlafen. Er bevorzugte große Sonnenschirme, am Meer einen kleinen Klappstuhl und eine gute Bar in Reichweite, mit Campari, Toast, Eiskaffee, sie ließ sich die Schulter von ihm ölen und war danach stundenlang nicht zu sehen, ging subaqual. Kam kurz noch mal raus an den Strand, ließ sich erneut einölen und verschwand wieder in den Wellen, Sandra Müller, fünfzig, man würde es ihr nicht zutrauen, es war vollkommen unglaublich, konnte die Luft fünf Minuten anhalten unter Wasser!

Hammersdorf kreischt sie, da wär's auch noch gegangen, da, letzte Chance!

Weiß ich doch, Kindchen, grunzte er, letzte Ausfahrt Hammersdorf. Erinnerst du dich eigentlich noch an Max, meinen alten Kumpel aus Studentenzeiten?

Ist das dieser Arzt? Sie wirkt unschuldig, ahnungslos. Das hätte er eigentlich merken können. Aber Rodden war sich so sicher, so glücklich sicher!

Dann wieder: »Biegen Sie rechts ab, dann in den Kreisverkehr. Dann bleiben Sie rechts! Bleiben Sie rechts!«

Das ganze Leben war eigentlich unglaubwürdig, total! Echt krass, endgeil, wie Rodden seine Schüler reden hörte, in drei Tagen ginge es zurück ins Schulhaus! Und bis dahin musste alles klar sein. Mit Sandy, endgeil!

Ja, ich möchte ihn kurz besuchen. Er wollte einen Ordner von mir – von damals!

Aber Prinzi! – Sie seufzte es, schien nachzugeben, im Sitz zu versinken. Aber natürlich, ganz weiblich hatte auch sie längst mit dem Psychiater telefoniert, hatte mit ihm besprochen, wie er Luis Rodden »beruhigen«, wie er ihn »bei sich behalten« konnte. Irgendeine alte Rechnung mit ihm begleichen! Sie hatten ja jede Menge alter Rechnungen offen, diese Rebellen von damals.

Es dauert nur fünf Minuten, Sandra, ich komme doch sonst nie hierher. Taufkirchen, was für eine Katastrophe, hier draußen zu landen! Ein derart akademischer Überflieger wie Max, und dann hier draußen für den Rest des Lebens zu vegetieren, an der Ilz, er blies den Rauch gegen die Frontscheibe, Ilz, Sandra, Moos, Filz, Gestank! Weißt du eigentlich, dass Max – er ist ja älter als ich – noch an Kambodscha glaubte, an Pol Pot, jedenfalls im Prinzip, wie er immer sagte, denn es sei klar, dass sich die herrschende Klasse immer an ihre Privilegien klammern würde, auch bei uns. Man müsse sie nun mal eliminieren, da gebe es keine Wahl in einer echten Revolution. Dieser Schwachkopf!

Rodden schweigt wieder einige Minuten, den Hund holen nach so einem Urlaub und dann weitermachen, immer so weiter, das ist undenkbar, Hattenkofen, Fraunberg, Auerfing, unfassbar, nur nicht verreißen! Das Steuer!

Und dann gleiten sie endlich über die Asphaltschleife rund um Blumenbeete, Petunien, Geranien, Stiefmütterchen, umbrafarbene, dreigeschossige Gebäude, die sich wohl dreißig bis vierzig Meter hinziehen, Fenster mit richtigen hölzernen Fensterkreuzen und – im ersten Stock vergittert, Rodden sieht das sofort, beruhigend, das ist wichtig, schwere Eisengitter. Sie gehen zu zweit über den Parkplatz, natürlich komme ich mit zu Max, hatte sie gesagt, das hatte Rodden doch überrascht, denn das konnte noch eine Hürde sein, dass sie nicht mitkäme, dass er, um sie in das Haus 8 hinein zu locken irgendeinen Trick brauchte, eine List, die er noch nicht parat hatte, nein, sie komme gerne mit, selbstverständlich, zeigt dunkelbraun von Salz, Meer und Sonne gefärbtes Dekolleté und Arme. Sie läuten kurz, dann kommt Max, im hellblauen Anzug, dunkelblau gemusterte Krawatte, vom Alkohol leicht aufgeschwemmtes Gesicht, Knollennase.

Ich freue mich irrsinnig, dass ihr da seid!

Und sie lachen und gehen hinauf zu ihm und zu ihm hinein, beide ihres Sieges so absolut sicher.

Warum lieben sie uns nicht?

Spät am Tag in der Mitte des Sommers, ein Tag im Juli, die Mücken tief im Park, keine Schwalbe am Himmel, die Taxifahrer hupen nervös, Radfahrer queren bei Rot die Straßen, Mütter retten ihre Brut; eine Gewitterfront nähert sich von Westen, Schwüle in den Straßen. Das Jahr schon alt und klebrig von Erinnerungen. Man wartete ungeduldig. Die Seen auf Badeenten, auf rosa Krokodile, die aufgeblasen lagen und herunterschauten durch schwarz lackierte Balkongeländer, erwartungsvoll. Die wahre Hitze will nicht durchbrechen in diesem Sommer.

Der Unfall wird vom Café aus beobachtet wie ein Film. Jemand wird aus verschmiertem Polster und Blechverstauchung herausgezogen, eine Frau vermutlich, verklebt das lange Haar, auf eine Bahre gezerrt, verbunden, analgetisch versorgt, ein Wimmern, dennoch ein hohes Wimmern die ganze Zeit über, verdirbt dem Café das Geschäft, ein Tier, denke ich, das kann nur ein verwundetes Tier aushalten, diesen offenkundigen Schmerz, eine Münze fällt zu Boden. Es hört nicht auf, ein durchdringendes Wimmern von dort vorne, das Publikum nippt an Campari und Aperol Spritz mit Eis.

Die Kellnerin bückt sich geschmeidig wie ein junger Salamander nach der Münze, zeigt einen Streifen Haut zwischen Jeans und Shirt. Der Beruf des Architekten, sagt der Freund, habe ihm nichts als Finanzruinen hinterlassen: nach vierzig Jahren! Tatsächlich mehr als einen Streifen. Ein Stück vertikale Rille fängt den Blick des Betrachters für einen Moment. Ist Mode heute, meint der Freund. Mehrere Bankkonten alle fünfstellig im Minus, sagt er, wir gehen die Getränkekarte rauf und runter. Radler surren vorbei, der See ist nahe, keine Schwalbe am Himmel, nur die Mauersegler wieder, für kurze Zeit aus Afrika zurück, hier zu Hause oder dort, pfeifen um die höheren Häuser. Das alles, wollen wir das alles verlassen, sehr bald zurücklassen, Anton, alter Freund, und für immer? Er wirkt so gebrechlich! Seine Hand zittert, wenn er das Glas hebt, er verschüttet.

Habe mir, sagt er unvermittelt, während wir noch die verkeilten Blechteile von Weitem betrachten und diese geschmeidige Kellnerin, noch was Jüngeres zulegen müssen, aus meinem Büro, Anja, kennst du nicht. Wie, was Schönes, Jüngeres – er, der kaum zehn Meter weit sehen kann, mir eben noch was vom Grünen Star und finalem kardiovaskulärem Desaster erzählt hat, und dieses komplizierte Gerät im Ohr trägt, um überhaupt etwas hören zu können, er sollte tatsächlich, wie soll ich sagen, hypophysisch, skrotal, testosteronal noch derart aktiv sein, hast du ein Foto von ihr? Auf dem Handy, natürlich! Aber jetzt findet er's nicht, ist klar, es muss alles streng geheim bleiben, du verstehst, sagt er, Dara würde sterben, wenn sie's erfährt – ihr gehört doch mein halbes Büro, mein halbes Haus, wir arbeiten doch eng zusammen. Wir lieben uns doch, Jahrzehnte, Dara und ich! Dara kennt Anja, natürlich kennt sie Anja, sie vertraut Anja, dieser jungen Kollegin zu zweihundert Prozent, da passt kein Kleeblatt dazwischen, zwischen diese beiden, sie würde krank werden, alles hinwerfen, das ginge nicht, um Gottes willen, du willst es doch nicht meiner Frau, Dara, erzählen, Will, du verstehst doch, das geht nicht!

Wieder das Wimmern von der Bahre. Wenn sie nur diese Frau endlich wegschaffen könnten! Wie von einem alten, schwer verletzten großen Tier, es hört nicht auf! Die Mauersegler, sage ich, bleiben nicht lange. Schau, sie machen ganz kurz einen Riesenwirbel, einige Wochen nur spielen sie hier Sommer und verlassen uns schon Anfang August wieder. Aber wieso bleiben sie denn nicht bei uns, Will, jammert Anton ganz plötzlich, wieso fliehen sie denn schon nach zehn oder zwölf Wochen wieder nach Afrika und sterben unterwegs und verhungern oder versinken entkräftet im Meer, Will, wieso können wir das nicht ändern! Sie müssen länger bleiben, Will, viel, viel länger. Bitte! Warum lieben sie uns nicht? Er wirkt völlig erschüttert mit einem Mal. Wir müssen das verhindern, Will! Du, du musst es verhindern! Du kannst das! Mein alter Freund schreit jetzt fast, aber das macht nichts, es stört niemanden, weil der unglaubliche Lärm der Autos, das aufbrausende Geschrei der jungen Menschen im Café und um uns herum, ohnehin die Ohren betäubt.

Wir zahlen die Drinks, und als eine Zweieuromünze unter den Tisch rollt, bückt sich die Kellnerin erneut, genau wie vorhin, salamanderhaft –

Er beugt sich zu mir herüber, ganz nahe an mein rechtes Ohr, der Freund.

Ich bin jetzt drei Tage mit ihr in den Bergen, schreit er, Defreggental, schreit er, ab morgen, kennst du sicher. Eine Pension in Huben, völlig abgelegen, mit Anja natürlich, klaro, nur dass du mich nicht zu Hause anrufst, sagt er, bei Dara, nicht bei mir anrufen, Festnetz verstehst du, Will, sagt er. Drei Tage! Kein Festnetz! Jaja, schon gut, sage ich. Nicht schon gut, sagt er, ich bin doch mit *dir* in den Bergen, es ist schlecht, wenn du mich anrufst, sehr schlecht, hast du das endlich?

Und ich denke eben noch etwas über die Mauersegler nach, ihren seltsamen Instinkt, aber, was heißt das schon, »Instinkt«, der sie so früh wieder von uns entfernt, was uns so traurig macht, was wir unbedingt verhindern müssen, und das Wimmern hat jetzt aufgehört, die Bahre ist verschwunden, was hat er gesagt mit dem Anrufen, er ist plötzlich aufgestanden und gegangen, Anton, ohne sich umzudrehen, er sieht doch kaum noch, hat nur noch eine Niere und geht jetzt wahrscheinlich zu dieser Anja. Ich glaube, dass ich ihn morgen anrufen muss, wir müssen das mit den Mauerseglern unbedingt ganz exakt klären.

Alte Freunde

Jetzt fängt er wieder an zu schreiben, mein alter Freund Wolf, anstatt beim Schachspiel zu bleiben, oder in seinem Labor. Seit Jahren droht er damit, wieder zu schreiben. Wie ich ihm drohe, die Violine zu spielen.

Gelegentlich reisen wir gemeinsam. Wenn wir im Zug beispielsweise nach Rom fahren oder nach Wien, bricht er regelmäßig nach kurzer Zeit das Gespräch ab und sagt: »Übrigens, Max, ich werde wieder schreiben.« Fahren wir mit dem Pkw von München nach Straßburg, dreht er spätestens bei Ulm den Rekorder leise und sagt, er werde nun wieder schreiben, demnächst!

Die Schreibdrohung stößt er ausschließlich im Fahren aus, erst wenn der Zug den Bahnhof verlassen hat, wenn der Wagen rollt, dann kommt diese Drohung, als könnte sie sich nur in diesem flüchtigen Aggregatszustand des Reisens von seiner Zunge lösen, wäre sonst eingekapselt wie ein erstarrtes Insekt. »Ich habe«, pflegt er dann etwa zu sagen, »zwanzig Jahre geschwiegen! Zu Unrecht!« Dann Pause, und dann, weil niemand antwortet: »Aber ich bin nicht verstummt!« Alles klar.

Dieser Stakkato-Stil und immer mit Rufezeichen. Schon damals, vor Urzeiten, haben wir beinahe gewiehert, wenn er las. Er zelebrierte als junger Mann diese sogenannten »Dichterlesungen«, hatte sich einen samtenen, dunkelblauen Bademantel umgelegt und trug mit stolzem Ernst seine Gedichte oder Kurzgeschichten vor, wobei er Wert darauf legte, dass man Poesie und Prosa nicht genau unterscheiden konnte, oder manchmal das eine in das andere überging oder beides zugleich sein konnte. Seine »Texte« starrten vor Weltschmerz, der sich für Welterkenntnis hielt. Seine Lyrik war komplett unverständlich. Gerade das war sein ganzer Stolz: Hermetik! Alles spielte sich noch im Haus seiner Eltern ab, genauer, in einem kahlen Kellerzimmer mit Betonwänden, in dem wir uns zu siebt auf zehn Quadratmetern drängten. Und je mehr sich seine »Texte« vor Weltschmerz krümmten, desto mehr bogen wir uns vor Lachen, nach innen versteht sich, immer ganz nach innen!

Ständig schreiben und immer vorlesen, er konnte nicht anders. »Mein Schreiben«, so sagte er einmal, ich erinnere mich genau, »ist Eruption, Orgasmus, Epilepsie.« Jedenfalls Geburtsfehler, dachte ich damals, verstiegener Größenwahn. Jahrelang, solange wir eben lasen, hat er umgekehrt meine Gedichte und Storys mit ätzender Jauche übergossen, und uns alle gefoltert mit »präzisen Textanalysen«. Denn so berauscht er war von seiner eigenen Primanerlyrik – wir nannten sie heimlich »Primatenlyrik« –, so unerbittlich konnte er über unsere, und vor allem über meine Texte herfallen, sie skelettieren wie eine Weihnachtsgans.

Bis eines Tages eine Frau laut lachte, während er las. Ich war damals mit Marisa – hieß sie nicht Marisa? – wenn ich mich recht entsinne, flüchtig liiert. Er las – sie lachte. Sie war attraktiv, rothaarig, exzentrisch und ein, zwei Jahre älter als die meisten von uns, Marisa? Doch, so hieß sie, Marisa. Natürlich lasen wir anderen auch, und sicher sogar wesentlich bessere Texte als Wolf. Und ich brachte zusätzlich noch kleine Einlagen auf der Violine, trauernd, ironisch schluchzende Musik, und nie lachte jemand über uns andere, denn jeder von uns hatte, das kann ich heute mit dem Abstand der Jahre sagen, mehr Begabung als Wolf, absolut! – Ich sogar eine Doppelbegabung! Und kaum etwas von ihm wurde veröffentlicht. Er konnte nichts, und auch dafür konnte er nichts! Vielleicht ein, zwei Texte, wenn's hochkommt.

Während ich also konsequent zur Konzertreife auf der Violine strebte – Konservatorium, Einzelstunden, Repetitorium –, quälte uns Wolf mit seinen Texten, so lange, bis Marisa lachte. Das war das Fallbeil. Danach gab es keine Lesung mehr, es war Schluss. Wir anderen haben es ja nie echt gewagt, haben gelacht, ja, aber, wie gesagt, nur nach innen, während diese kleine Rote, Marisa, unvertraut mit unseren ungeschriebenen Gesetzen, laut herauslachte über diesen Komiker, Wolf und seine verschraubten, verzweifelten Texte.

Danach kam nichts mehr. Zwei Jahrzehnte lang warteten wir auf seinen großen »Wurf«, auf *den* Roman, den er immer wieder andeutete und ankündigte, zwei Jahrzehnte hindurch galt er manchen – mir natürlich weniger – als verkannter Schriftsteller, während er als Biochemiker reüssierte am Max-Planck-Institut, promovierte, publizierte. Beruflicher Erfolg reihte sich an Erfolg, aber es war, so sagte er, nicht genug, es war, so sagte er, im falschen Leben, nicht »das, was er eigentlich wollte«, um das es ihm vor allem oder einzig und allein ging, ums Schreiben.

Und deshalb immer wieder seine Schreibdrohung, ähnlich wie meine Violindrohung. Denn seit dem Bruch des Handgelenks vor einigen Jahren – ich werde noch darauf zurückkommen – bin auch ich nur noch Dilettant, es klingt einfach nicht mehr. Zu langsam die Läufe, zu schwerfällig die Tremoli, niemand, sagt Wolf, könne schreiben wie er, wenn er nur wollte – Handke ein Kunstkeramiker, Grass? Ein schwerfälliger Teigrührer und Thomas Bernhard eine Gebetsmühle, alles warte auf ihn, Wolf, er allein habe das Zeug, wenn er nur wolle. »Hätte ich nicht dieses Labor, das mich auffrisst, wäre mein großer Jahrhundertentwurf kein Problem«. Zum Ende des Jahrhunderts, so meinte er Ende der Neunzigerjahre, müsse wie am Ende jedes Jahrhunderts noch einmal eine große Idee, ein grandioses Werk geschaffen werden. Aber auch daraus wurde nichts, wie wir alle wissen. Zumal er auch noch im Schachspiel groß rauskommen wollte. Es ging darum, den Schachcomputer zu schlagen, »Nur ich und ein paar andere«, so Wolf, »können den Siegeslauf der Computer stoppen.« Seiner Mischung aus Systemdenken und Kreativität könnte ein Computer auf Dauer unmöglich gewachsen sein, aber es ging dabei ganz nebenbei auch um sogenannte letzte Fragen – etwa dieses uralte Ding mit der Vorherbestimmtheit. Konnte man, so diskutierte Wolf einmal, oder dozierte, während wir im Speisewagen Richtung Köln gerade die Loreley passierten, schon vom allerersten Schachzug an sagen, wer gewinnt, oder erst vom zweiten oder dritten? Gab es eine Zugfolge, mit der man definitiv immer gewinnen musste, wenn man den ersten Zug hatte? Und wenn ja, wie war das auf unser Leben zu übertragen? – War es programmierbar? Und ab welchem »Zug«?

»Max«, sagte er einmal zu mir, als wir kurz vor Florenz mit dem Zug, einem »Frecciarossa« über und unter dem Apennin hindurchschossen, und er sich entspannt zurücklehnte, dabei den kleinen Finger der rechten Hand in sein linkes Nasenloch schob, wieder herauszog und etwas Scheußliches in das Abteil schnippte, gleichzeitig durch das getönte Fenster hinaus in die herrliche toscanische Landschaft schauend, »Max, ab morgen schreibe ich wieder«.

Die Schriftsteller, pflegte er zu sagen, haben keine Ahnung vom Leben. Über das sie angeblich schreiben, und die hart arbeitenden Männer, die mitten im Leben stehen, die können gar nicht schreiben, weil sie in der Tinte sitzen, mit der sie schreiben sollten. Und müssten!

Ich spielte nach dem Lacher von Marisa noch ein bis zwei Jahre, oder Moment mal, ich glaube, es waren genau zweieinhalb Jahre die Konzertvioline. Unsere alten Texte waren längst vergessen, auch Marisa war mir irgendwie abhandengekommen, und ich galt als Violin-Entdeckung, sollte Nachfolger dieser berühmten Russen oder Amerikaner werden, oder auch dieser Japanerin – vor allem die Frauen waren es ja, die auf der Geige so brillant auftrumpften. Manchmal dachte ich, gegen diese Frauen hast du keine Chance, die Frauen haben es viel leichter, sich total für das zu entscheiden, was sie lieben, denn wenn sie scheitern, was macht es schon, sie müssen keine Familie ernähren, aber ich gebe zu, der Gedanke ist out und bitterzart misogyn, jedenfalls derzeit nicht Mainstream. Mit dem Schreiben, wie gesagt, war bei mir nichts mehr los, dafür stand ich mit der Violine vor dem Durchbruch, hatte schon erste Kritiken im Feuilleton, schnupperte die weite Tourneewelt, Plattenverträge, das volle Leben, als diese Geschichte mit der Motorhaube passierte, die nicht richtig eingerastet war, in Wolfs Wagen.

Wir hatten uns länger nicht gesehen seit dem entscheidenden Lacher, das war in einem Mai, ich weiß es noch wie gestern! Dann, etwa im Spätherbst zwei, drei Jahre später, rief er an und fragte, ob wir nicht eine kleine Tour in den Süden machen wollten, sein neues Cabrio testen und außerdem eine neue Flamme, sie würde mir übrigens bekannt vorkommen und so weiter, natürlich war es Marisa, das hätte ich mir denken können, jetzt, wo ich schon in den Zeitungen stünde, da müssten wir mal intensiv über meine Karriere sprechen und außerdem, er wollte endlich wieder schreiben, hätte große Ideen und Marisa sei die perfekte Muse, sie brächte ihn auf fantastische Ideen und so weiter. Na ja, plötzlich, ein kleiner Anstieg, gab es Probleme mit dem Motor. So ganz nagelneu war dieses Cabrio ohnehin nicht, eher ein Oldtimer, und ich stieg aus, er bat mich darum. Und fummelte (ziemlich ahnungslos) an den Zündkerzen bei aufgeklappter Motorhaube und rief, lass ihn mal an, und dann ließ Wolf den Motor an und die Kiste machte einen Satz nach vorne, gegen meine Knie, und die Motorhaube klappte zu und meine Hand noch dazwischen, ausgerechnet meine linke Hand, die ich für nichts brauche außer zum Violine spielen, ein tierischer, stechender Schmerz, ich weiß sofort, da ist was kaputt.

Wolf hatte eben den ersten Gang noch eingelegt, ich konnte froh sein, dass er mich nicht überrollte, mir die Kniescheiben zerschmetterte mit seinem schwächlichen Cabrio, es war ja nur die linke Hand, sagte er, und er und Marisa waren sich völlig einig, dass das Schicksal war, vorherbestimmt, noch nie habe ich zwei Leute so einig gesehen, das schmerzte. Und dass ich sofort in die Klinik musste, das war dann in Meran oder Bozen, die Ärzte hatten null Ahnung von Handgelenken! Operieren nur Skifahrer dort oben. Aber es gab zunächst noch Hoffnung, und wie das eben so ist, schwindet die dann, verglüht, verdampft, und nach ein, zwei Jahren mit Reha und so weiter, weißt du hundertpro, dass es nichts mehr wird auf der Violine, egal, es hat keinen Sinn, irgendjemandem böse zu sein, das bringt die Hand nicht zurück, das Gelenk, nichts.

Ich werde es nie vergessen. Es war damals dieser Tag gewesen, nachdem ich mich für die Meisterklasse von Yehudi Menuhin in Gstaad angemeldet hatte. Wir fuhren vom Brenner abwärts über Nebenstrecken, dann den Jaufenpass hinauf oder ähnliches, Marisa hinten auf dem Rücksitz mit rot wehendem Haar, offenes Verdeck, alles war glücklich, unglaublich leicht, voll das Leben! Immer wieder drehte ich mich nach ihr um, sie lächelte. Es konnte gar nicht besser sein, ein milder, duftender Südwind. Alles wie vorher imaginiert und geplant, nur als es wieder hinunter ging, nicht beim Hinauffahren, wie ich vorhin meinte, starb der Motor, es war nicht Wolfs Fehler, und daran kannst du ohnehin nichts ändern, an solchen Dingen. Ich öffnete die schwere Haube – mein Fehler, klar, und legte den Metallstab ein, um sie zu sichern, und dann passierte es, aber wenigstens lachte niemand. Metallstab, muss man sich vorstellen, zur Stützung der Motorhaube, so eine alte Kiste war das!

Die ganze Sache ist inzwischen im Grunde vergessen. Ich erwähne sie nur, weil wir, Wolf und ich, heute Abend noch nach Rom fahren wollen. Wir treffen uns am Zug um dreiundzwanzig Uhr fünfzehn. Wolf hat angekündigt, auf der Fahrt einen neuen Text vorzulesen. Am Telefon hat er übrigens behauptet, sie habe damals nicht über seinen, Wolfs Text gelacht, Marisa, sondern über mein Violinspiel, das habe er längst mit ihr geklärt, aber das ist undenkbar, das ist vollkommen undenkbar, habe ich sofort geantwortet. Es war ja klar, dass er das sagen musste.

Die ideale Frau

Also, mal ehrlich, sagte der Norweger, nach Tynset fahre er mit ihr nur zur Therapie, während wir in meinem alten dunkelgrünen Opel Ascona saßen und die schmalen Schlangenkurven nahmen zwischen Gauting und Starnberg, diese dreckige Würm entlang, im Westen von München. Ein kleiner Fluss, der seit der letzten Eiszeit aus dem Starnberger See austritt und jetzt Richtung München fließt, durch München hindurch, dort Schlosskanäle füttert, verloren geht und dann irgendwo in die Amper mündet.

Er steige, rief er zu mir herüber, denn es war laut vom Fahrtwind und die Fenster waren offen, damit ihm nicht schlecht wurde, er steige die Stufe hinauf in seinen Supergeländewagen, und Tina steige auf der anderen Seite die Stufe hinauf, und sie fielen nebeneinander in die harten Sitze, und dann fahre er los. »Aber wieso erzähle ich dir das eigentlich?«, sagte er. Etwa eine Stunde Fahrt zur Paartherapie. Paartherapie macht Spaß, sagte er, schon mal probiert? Musst du unbedingt – bringt unheimlich viel fürs Leben!

Okay, sagte ich.

Also, es koste natürlich, sagte er, Tausende, aber man müsse das mal gemacht haben. Jeder sollte das mal machen. Es ist der A-Schein fürs Leben, verstehst du? Und niemals werde ihm schlecht in diesem Rover, in den sie einmal pro Woche einstiegen, um nach Tynset zu fahren. Was natürlich Luxus sei angesichts der Massen von Arbeit, die sie hätten auf ihrem Ziegenhof, und die sie liegen ließen, siebzig prall gefüllte Ziegeneuter, absoluter Luxus.

In seinem Geländewagen werde ihm nie schlecht, aber in allen anderen Autos unweigerlich, da müsse er sofort kotzen. Ist schon immer so, sagte er, seit der Kindheit! Kaum steige er ein, gehe es los.

Nur wenn ich selbst fahre, sagte er, dann nicht.

Okay, sagte ich, aber das geht ja jetzt nicht.

Stimmt, sagte er und lachte. Ein oder zwei Zähne fehlten ihm oben. Er hatte zum Frühstück schon zwei Glas Wein getrunken.

Manchmal blinzelte sie uns von rechts unten an, diese Würm, und manchmal rauschten wir durch den Fluss, auf der Straße, wo er über das Ufer getreten war an manchen überraschenden Stellen und gurgelnd und glucksend über die Straße lief. Denn es hatte die ganze Nacht über und am Morgen stark geregnet.

Nach Tynset, sagte er, gehe es fast immer geradeaus. Wir brauchen im Sommer etwa fünfundvierzig Minuten, da ist es kein Problem. Zu dieser Psychologin, dieser alten, von unzähligen Kümmernissen ihrer Klienten verwitterten Therapeutin mit dem weißen Haar und dem Dutt und den Falten im Gesicht, einer Hexe. Es hat nur ein paar Tausend Einwohner in Tynset, aber sie ist die einzige Psychologin, und sie ist furchtbar faltig, sagte er und wir fahren zu ihr, damit es wieder in Ordnung kommt mit uns. Eigentlich sollte es ja die Junge machen, die neu war und völlig glatt. Aber die war dann weg, ganz plötzlich. Ist bei uns oft so, sagte er. Dunkelheit, Schwangerschaft, Kälte, Leute weg. Nach nur einer Therapiestunde.

Es ist einfach nicht mehr in Ordnung bei uns, mit Tina und mir, verstehst du, Wolf?

Man kann es ja nicht einfach so lassen, sagte er, wenn es nicht in Ordnung ist.

Nein, sagte ich, kann man nicht. Ist es der Sex?

Eine leichte Alkoholfahne wehte von ihm zu mir herüber. Jan-Ove pflegte morgens Wein zu trinken. Zum Aufwachen, wie er sagte. Um in Schwung zu kommen. Hin und wieder auch etwas Stärkeres. Das Leben dort oben sei dermaßen hart und dunkel, sehr lange dunkel und immer sehr hart. Das könne und wolle ich mir nicht vorstellen, ohne diesen rettenden Schluck morgens kommst du nicht in Fahrt. Das würde dir genauso gehen, Wolf, nein, der Sex ist es nicht, er lachte wieder und sagte, um Gottes willen, nein, nicht der Sex!

Diese Straße nach Starnberg ist schmal. Ständig kommen Fahrzeuge entgegen und du hängst immer hinter einem, der zu langsam fährt. Vor allem Traktoren. Traktoren mit Anhänger, Traktoren allein. Oder Mütter. Mütter mit Kindern. Du fährst nahe an sie ran, gibst Gas, trittst kurz durch, bist neben ihren Hinterrädern, da kommt einer entgegen, oder ein Radfahrer taucht auf. Aus dem Nichts tauchen die auf. Radfahrer, E-Biker,

Radfahrer mit Anhängern! Radlerinnen mit riesigem Zwillings-vorbau! Jan-Ove klammerte. Ach ja, er hieß übrigens Jan-Ove, so ähnlich wie Knausgard, dieser Schriftsteller, er krallte sich in den Sitz, ich spürte das. Er schwitzte. Das Schwitzen roch noch mehr als das Weintrinken.

Vertrau mir, sagte ich, vertrau mir einfach. Er stöhnte.

Jetzt gehörten wir zu der Schlange, die sich vor und hinter uns gebildet hatte, die unruhig vibrierte, und in der manche blinkten, bremsten, andere hupten oder brachen aus, oder sie sprangen ein, zwei Fahrzeuge vor, drängten sich vor uns her-ein, brachen das Überholen beim dritten ab, schlingerten. Im Rückspiegel, wenn man da ab und zu nur mal kurz hineinsah, spielten sich Dramen ab. Es war toll, diese Würm entlang! Das Würmtal gehört ja zu den reichsten Gegenden. Muss ich ja nicht erklären, weiß hier jeder. Ein SUV nach dem anderen. Die Autos hier sind die teuersten, auf dieser Strecke. Aber das spielt hier, für diese Erzählung natürlich keine große, entscheidende Rolle. Manche Dinge spielen keine Rolle, aber man erzählt sie doch.

Nach Tynset, sagte er, fährt es sich sehr entspannt. Niemand drängt sich vor und alles ist blitzsauber – es fahren vor allem Frauen. Sehr oft Männer neben ihnen, mit Alk im Blut. Es hat dort ein blau getünchtes Haus, davor parken wir. Unterwegs wird nicht gesprochen. Du weißt, was blaues Haus bedeutet? Blaues Haus bedeutet, dass – na, egal. Fünfzig bis siebzig Minu-ten Schweigen geht doch ganz gut – findest du nicht? Schwei-gen im Auto ist ideal. Drei Leute: eine Frau, ein Mann, ein Schweigen. Jan-Ove musste selbst lachen, sein lautes, »zahnlu-ckertes« Lachen, wie sie hier unten sagen würden, was sich nicht so recht ins Hochdeutsche übertragen lässt. Kommt auch nicht so darauf an, man erzählt es halt mit, zahnluckert, alles nicht so wichtig, das hier. Was ich erzähle.

Und hinter mir hupte der Zweisitzer. Ein schneidiger, tief-blauer Sportwagen mit einem weißhaarigen Typen, ein Chef-arzt, würde ich sagen, und seine Begleiterin. In seinem Alter, etwa, also nichts Blutjunges, wie jeder vernünftige Leser erwar-ten würde. Ich versuchte, den Vordermann zu überholen, und fuhr ganz knapp auf, riss das Steuer nach links, gab Gas, aber von vorne kam ein Bus, es war sinnlos. Der Chefarzttyp hupte. Die Frau neben ihm gestikulierte, zeigte mir einen Finger –

weiß nicht, welchen, konnte das nicht genau ausmachen, vielleicht formte sie auch ein 0, oder es war der Daumen, als ironisches Zeichen, man weiß nie, woran man ist mit den Fingern, unterwegs, im Auto.

Lass ihn doch hupen, lass ihn einfach hupen, sagte Jan-Ove.

Die ursprüngliche Therapeutin, sagte er, sollte jung sein, eigentlich, mit strahlenden Augen, ich hatte sie mir immer so jung vorgestellt, und das war sie auch, mit einem blonden, strohblonden Pferdeschwanz und sie sollte uns freundlich Tee anbieten und keinen Wert auf Honorar legen, denn wir haben kein Geld für sie, verstehst du, wir können sie nicht bezahlen, sagte Jan-Ove in dieser S-Kurve, an der links der alte Gasthof liegt und geradeaus geht's nach Leutstetten. Wir wollten es ihr schon irgendwann sagen. Diese Junge wurde aber plötzlich krank, dann war sie ganz weg. Wir mussten die Alte nehmen. Und sie weiß es nicht mal. Das mit der Kohle. Irgendwann werden wir auffliegen. Jedenfalls wäre es mit dieser jungen Therapeutin, die er sich vorstellte und die er ja auch ein einziges Mal getroffen hatte, doch ein ganz anderes Leben geworden, warum musste er immer mit Tina nach Tynset fahren, die was mit dem Nachbarssohn am Laufen hatte, wo es doch junge, von Männerbeziehungen unverbrauchte Frauen gab mit blonden Pferdeschwänzen, die ihm Tee anbieten würden, morgens, nach einer wunderbaren Nacht, wenn die Vögel vor den Fenstern singen würden, was, sagte er, mache ich falsch. Aber nicht da oben, da oben gab es keine Frauen. Das weißt du doch, oder? Und wenn doch, dann waren sie völlig verbraucht von ihren Männerbeziehungen, von aufreibenden, narzisstischen Egomanen, den Alkoholikern.

Wir alle machen ständig alles falsch, sagte ich, aber ich will dir was sagen.

Er lachte kurz und meinte dann, Tynset ist so fad, unvorstellbar fade, Wolf, ich hätte niemals dorthin gehen sollen, niemals in den Norden, während es ihn in der Rechtskurve hinter dem Gasthof hart gegen mich warf. Dann schwiegen wir wieder, und ich hatte vergessen, was ich sagen wollte.

Und diese Therapiestunden: Absolut sinnlos, sagte er plötzlich, total für die Katz. Seine Linke schlug gegen meine rechte Schulter. Was meinst du, wenn es mit dem Winter dort anfängt, im Oktober oft schon. Wenn es den Schnee runtertreibt, Tag um Nacht um Tag und kaum noch Tageslicht, oft haben wir meterhoch den Schnee und die Dunkelheit, und es geht nicht vorwärts, nach Tynset. Man ist auf dem Weg zur Therapie und steckt fest! Kannst du dir nicht vorstellen: Tage, an denen es nicht hell wird, nur leicht grau, und dann immer in dieses blaue Haus, immer diese alte Psychotante – ich meine, sie bietet mir keine Perspektive, nichts! Keine Lösung, Wolf! Wenn du nur eine Spur frei hast! Und es kann Tage dauern, bis du überhaupt eine Spur frei hast. Und dann die Schneemassen meterhoch rechts und links und fünfzehn Grad unter null!

Wir schwiegen, der Fluss gurgelte, ich schaute zu Jan-Ove. Er war schneeblass jetzt und hatte den Mund weit offen. Gut durch den Mund atmen, sagte ich, das hilft, du bist blass, Jan-Ove! Sterbensblass! Du darfst mir hier jetzt nicht abnippeln, mit deinem Herzschaden! Du hast doch einen Herzschaden, oder?

Tina, sagte er, will eigentlich nie nach Tynset. Es passt ihr gar nicht! Sie hat was laufen mit dem Nachbarn. Also, mit seinem Sohn. Und sie weiß nicht, dass ich es weiß. Aber bei uns im Ort weiß jeder alles, was so läuft. Es sind ja nur die paar Häuser im Dorf und der Kramerladen, und der Kramer, Halgurson, ein Isländer, Mensch, der weiß alles. Und wenn sie der Therapeutin ihr Verhältnis beichtet, hat sie natürlich schlechte Karten, oder? Sie denkt natürlich, ich bin ahnungslos. Und ich lasse es dabei. Jetzt fahren wir also immer zu dieser Paartherapeutin, verstehst du. Und Tina stirbt vor schlechtem Gewissen, sie sitzt im Rover neben mir und stirbt. Vor Angst, dass alles rauskommt. Es ist schon komisch. Die Therapeutin, diese Junge, das wäre schon die ideale Frau, oder? Du findest da oben kaum die ideale Frau. Schlechte Auswahl! Hier unten bei dir ist das einfach, sagte Jan-Ove, lachte wieder. Du hast leicht reden. Von wegen Probleme! Überall sitzen die idealsten Frauen! Jeden Tag hier sehe ich sie doch. Erzähl mir bloß nicht, ihr hättet keine idealen Frauen, hier bei euch! Es wimmelt davon, oder?

Der Jan-Ove hat zehn Jahre in der Schweiz gelebt, bei Basel, als Barmann. Deshalb arbeitet er ständig mit diesem »oder«.

Die Therapeutin, sagte er, so was von freundlich, auch die Alte! Ich drücke ihr die letzten tausend Kronen in die Hand und wir schleichen, auf Socken natürlich, in ein helles Zimmer, rundum Fenster, drei Holzstühle von irgendsoner Ökoluxusfirma, alles sehr schick ausgewählt, und Tina lügt eine Stunde lang, und ich lüge, und dann fahren wir wieder. Es wird, sagte er, nirgends so verdammt viel gelogen wie bei diesen Therapeuten, Wolf! Und die wissen das auch, und sie lieben es. Ja, es ist ihr Geschäftsmodell; denn mit der Wahrheit wäre jede Therapie schnell zu Ende, mit der Wahrheit, sagte Jan-Ove, brüllte er beinahe, lässt sich kein Geschäft machen! Oder?

Achtung! Rief ich, wir waren in der Rechtskurve auf Wasser ganz nach links gerutscht. Nur mühsam konnte ich diese alte Kiste abfangen, die ich geerbt hatte, von einem Onkel zweiten Grades oder so. Hatte keine guten Reifen mehr, alter Gummi aalglatt! Dabei brauchst du gute Reifen, wenn du die Würm entlang. Im Wasser. Ich weiß noch, wie mir das Blut in den Kopf schoss, aber gleich war's wieder gut, ganz ruhig ging's weiter, auch hinter uns, der schlitterte, ganz normal alles. An der nächsten Kurve ganz langsam durchs Wasser, pianopiano, es darf nicht zu tief sein, keinesfalls darf er schwimmen. Vor uns war jetzt keiner mehr, die waren alle schneller gewesen als wir. Ob er wirklich nicht schwimmen kann, der Opel, das weiß ich übrigens nicht. Wenn der Auspuff absäuft, ist es aus, meinte Jan-Ove, der sich auskannte. In technischen Fragen war der Jan-Ove unwahrscheinlich fit. Er war so ein Typ, der eigentlich überall unwahrscheinlich fit war, egal, was für ein Thema du anschneidest, oder? Wir tasteten uns durch, rechts rüber, dann hinauf, er schafft es, ruhig Blut, Wolf, ruhig Blut! Kannst du eigentlich schwimmen? Gib Gas jetzt! Dann plötzlich rief er Stopp, rechts rein! Ich warf den Wagen nach rechts in eine Waldbucht und stoppte, während er schon vorher die Tür aufgerissen hatte, und der Janni, sag ich mal, der warf sich jetzt mit dem ganzen Oberkörper nach draußen und zuckte verrückt, und ich sah seinen Rücken und Hintern und die Beine im Auto zucken und hörte sein Keuchen. Als hätte er Orgasmus, oder? (Ist ansteckend, dieses Odern.) Sein Spucken und Husten, das nicht mehr enden wollte.

Ich sagte irgendwann: Jan-Ove, wir müssen weiter, und wirklich kam er hoch, wäschebleich, fahr weiter, schnell, fahr weiter, meinte er. Wir müssen pünktlich sein. In der Seestraße! Ich will sie doch sehen!

Sind wir, logisch, sagte ich. Aber hast du dir mal überlegt, was du von ihr willst? Ich meine, was du wirklich willst von ihr! Jan-Ove nickte nur.

Wir kurvten die letzten zwei, drei Kilometer, am neuen Bahnhof vorbei und hinunter zum See, über dem dichter Februar-Nebel lag, eine undurchdringliche schwarzgraue Brühe. Und es war kühl und kein Mensch auf den Straßen, als hätten sich alle rechtzeitig vor uns in Sicherheit gebracht. Alles war wie in Tynset, aber es gab jede Menge Cafés, Restaurants, Geschäfte.

Wir müssen ein Stück Richtung Possenhofen, dann links, Seestraße, sie wohnt am See, sagte er.

Jan-Ove war jetzt munter und mit zuckenden Fingern über einen Stadtplan gebeugt. Mir fielen die Worte meines Onkels ein, von dem das Auto war, wonach es hier am See im Sommer unerträglich sei wegen des Föhns und im Winter noch schlimmer wegen des Nebels. An diesem See werde ich noch verrückt, sagte er immer, die Menschen hier sind einfach alles Verrückte! Dabei sind es – rein statistisch die zweitreichsten Menschen Deutschlands, sagte der Onkel jedes Mal, wenn ich ihn besuchte.

Ava wird dir gefallen, Janni, sagte ich. Ava ist ne ganz tolle Frau, jung, intelligent. Und schön. Kommt aus Norwegen, übrigens vielleicht aus Tynset sogar. Wohnt seit Kurzem in dem alten Haus am See, sie ist absolut ideal und wartet auf dich, Janni. Sicher! Ja, ich denke, das tut sie!

Wolf, nenn mich nicht Janni, wird mir unwohl, wenn du mich so. Müssen wir überhaupt jetzt dorthin? Zu dieser Ava? Ich meine, muss das jetzt unbedingt sein? Bringt doch nichts!

Wir sind pünktlich, auf die Minute, Jan-Ove, oder? Sie ist Psychologin, übrigens, was ich gehört habe.

Er nickte. War immer noch ganz blass, der Norweger, von der schnellen Fahrt in den Kurven. Oder wegen Ava. Und der Liebe. Hier konnte eine ganz neue Sache beginnen, jetzt, ganz plötzlich. Die große Liebe, und eine völlig neue Geschichte, wir waren kurz davor. Eine richtige Geschichte, nicht nur so ein Fahrbericht. Wir stehen kurz davor. Jetzt. Immer. Und sie ist Therapeutin. Aber das sage ich ihm nicht. Vielleicht später. Vielleicht spürt er es selbst.

Im Netz

Hallo, Elsa, verstehst du mich, ja – geht so, ja, in der Stadt, am Woolworth. Gut, dass ich dich – was machst du gerade, wo bist du – ah, wo?

Hör mal, du musst lauter, ich bin hier an der Straße, an der Hauptstraße, was ich dir sagen wollte, warte mal, ist zu laut gerade, hallo, Elsa, du hast schon wieder kein Netz, bin hier, was sagst du, ich verstehe, hallo, klar ist es dein Netz, das ständig – jetzt, ja jetzt, na also, es geht doch.

Also, was ich, ich will jetzt mal so sagen, es wird heute Abend etwas später, also es ist passiert und diesmal sag ich es dir sofort, es ist absolut taufrisch, das Ganze, ich habe sie eben erst kennengelernt, gestern, sie heißt Mireille und du kennst sie nicht, um das gleich abzuhaken. Damit das nicht wieder, mit den Vorwürfen, wie beim letzten Mal. Was schnaufst du so, ich verstehe dich kaum. Letztes Mal klar, bestreite ich nicht, Versteckspiel, unreif. Alles vorbei, Elsa, tempi passati – hallo, hörst du mich!! Diesmal mache ich das alles richtig, von Anfang an sauber und korrekt, und du hast jede Chance, warte bitte, ich geh mal in den Hauseingang, der Verkehr ist derart, man versteht sein eigenes, schau letztes Mal hast du selbst gesagt.

Besser, ja jetzt ist es ruhiger. Jetzt können wir. Wer quatscht da rein, dein Therapeut oder was? Du hast immer gefragt, du, wie lange das schon geht, Monate und so. Betrug, wie du das nennst, also, mir persönlich ist das auch lieber, und du hast damals gesagt. Lüge, Verrat und so weiter, diese ganze moralische Kiste. Ist das Freds Stimme, ja – hallo, wo bist du, was – ah ja, im Fitnesscenter. Ja, okay, also diesmal ist das anders, ich habe sie erst gestern, du, es hat mich selbst total überrumpelt. Völlig ahnungslos. Wohl einen Moment nicht aufgepasst. Die Beziehungskonzentration gelockert, und schon. Du, warte mal, dein Netz – wer stöhnt da so – ja, Fred, der alte Knabe. Nein, *sie* war das, *sie* hat mich angesprochen, und sie ist einfach, sie ist unvorstellbar, so wie, wie Monica Vitti – ein Blick, so von unten –

das könnte dir doch genauso, aber ganz klar, Elsa, warte mal, ich geh jetzt mal aus dem – hallo, das Netz, hallo, Hauseingang, ich stehe wieder am Obststand, verstehst du mich jetzt besser, sie ist auf mich zugegangen im Büro, hat mich einfach ins Ohr gebissen, ich kenne sie noch gar nicht, Elsa, ich schwöre dir, sie ist neu, eine neue Kollegin.

Nichts, es ist nichts passiert, kein Betrug, ein astreines Nichts, wir stehen am Anfang, total, wenn überhaupt. Und ich wollte dich einbeziehen, zeitgleich, faire Information und so, wir. Was heißt, du willst das nicht? Heute Abend wird es etwas später, etwas, wie gesagt, ein, zwei Stunden nur, Gefühlsclearing, da passiert gar nichts, wir müssen das in Ruhe, Mireille und ich, wir beide, Zeit spielt jetzt keine Rolle, hallo, Elsa, Elsa? Es ist hier – der Lärm, warte mal.

Wer sagt das? Soll ich das gesagt haben? Hör mal, das habe ich so nie gesagt, ewige Treue, nein, nie. Wir hatten so tolle Jahre zusammen, du weißt, dass ich das finde. Ja, das finde ich. Du findest das auch. Ich finde das auch. Okay, das war dieses eine Mal, damals, mit Sibylle, gut.

Aber irgendwann. Das muss nicht jetzt sein, diesmal, ich möchte nur, dass du eine faire Chance hast, Elsa, ich fand das so schlecht das letzte Mal, dich zu hintergehen, nicht in Ordnung, dieses eklig heimliche Getue, hallo, ja, noch dran, hallo?

Was macht Fred eigentlich, was schnauft der so, was, ach so, hallo, grüß ihn von mir, er soll sich nicht übernehmen auf dem Trainer. Nein, will ihn nicht sprechen, auch nicht mehr der Jüngste, hi, Fred, be careful, bleib schön im Takt, Alter. Ein Krach hier draußen, ich muss jetzt mal Schluss.

Kann ich nicht sagen. Kann doch niemand sagen. Du meinst, ewig, also immer und ewig? Hallo, hallo, Elli, ein Lärm das bei euch, Musik, habt ihr Musik laufen. So weit bin ich nicht im Moment. Wieso verwirrt. Du irrst. Mir geht es gut. Willst du ganz ehrlich wissen, wie es mir geht?

Du meinst ein Treffen bei diesem Therapeuten, ja. Dir geht es nicht gut, gar nicht gut, tut mir leid, Elsa. Aber das legt sich, das weißt du. Ein Meeting, no problem! Klar! Hör mal, hallo, Elsa, hier vor dem Woolworth, hier wimmelt es vor Leuten, hörst du die Geige, ja, da spielt einer das Violinkonzert, in dem wir damals, ich werde wahnsinnig, bei der Kälte spielt der das D-Dur, erster Satz und perfekt. Bist du wirklich im Fitness, ich höre immer nur Fred stöhnen, hallo, alter Stöhner, übernimm dich nicht; du stehst ahnungslos am Woolworth und dann – natürlich gebe ich ihm zwei Euro. Also, ich müsste jetzt mal langsam. Den Musikern immer. Hallo, hallo Elsa, bist du noch, hallo! Du willst mir noch. Ich muss in den Woolworth rein, hier ist es zu laut. Ich versuche es beim Parfum, es ist ruhiger beim Parfum. Du findest, ich. Findest du ehrlich. Okay, also ich – nein, beim Porzellan ist die Hölle los, Sonderangebot, ich gehe zu den Socken, wenn du meinst. Ich bin gleich bei den Socken.

Blutspur, Blutspur? Jetzt übertreibst du aber. Ich hinterlasse eine Blutspur, findest du? Du findest das korrekt ausgedrückt? Korrekt und höflich und präzise? Wie man das unter Partnern ausdrücken darf oder muss oder so? Überhaupt nicht, nee, nee, das war nicht immer ich. Barbara zum Beispiel, du kennst doch Barbara, die hat sich von mir getrennt. Nicht ich von der. Zum Beispiel. Aber ich sollte jetzt. Du wolltest ein Beispiel. Okay, das habe ich erst geleugnet, aber du kannst sie fragen – sie hatte plötzlich diesen Chinesen. Genau. Ich leugne manchmal, manchmal nicht, und dann entschuldige ich mich, aber diesmal nicht. Ein Meeting mit deinem. Das wird wieder teuer, was verlangt der die Stunde, muss das sein, das wird wieder sauteuer und bringt nix. Da reden wir wieder, drehen uns im Kreis. Lass mich darüber nachdenken, Elsa, ich denke, wir haben Zeit, nichts überstürzen, ja, diesmal hat es mich total erwi–, aber du weißt ja, das war bei Sartre genauso, und dann – schau Männer zwischen fünfzig und sechzig und ich sage es dir jetzt soofoort, noch ehe iiirgendetwas. Wieso: nicht gleich. Soll das heißen? Vertrauen – ja das ist doch Verdauen! Mein Vertrauen.

Auf einmal soll ich. Ich hätte es mit mir selbst ausmachen, du findest, dass es dich gar nichts angeht, es soll nur mein Problem sein? Ich meine, du findest, dass: Ich hätte erst mal schweigen sollen, schweigen wäre ehrlicher, ja, auf einmal, wieso ehrlicher. Jetzt findest du das von mir wieder eitel. Verlogen. Dass ich alles sage! Ich kann tun, was ich will, immer und immer. Ich hatte keine Ahnung, was das mit dir macht, wenn ich sofort – ich dachte, da ist das eben offen, wie du das immer wolltest, das Rennen noch relativ offen. Seh' es doch mal sportlich, Ellilein, komm. Was grunzt der so, sag ihm, Fred, hallo, alter Grunzer, er soll die Luft langsam herauslassen, entweichen lassen. Hör mal, wie kannst du eigentlich dieses Trainingsrad und telefonieren gleichzeitig, wieso –

Das Rennen, na eben das Rennen. Zwischen uns! Ich nenne es halt ein Rennen, ja ich weiß. Ich weiß, ich weiß. Was heißt das, hysterisch, ich meine, das kann doch passieren, Liebe passiert eben, natürlich bin ich älter, keine Ahnung, sie? Vielleicht fünfunddreißig. Warte mal. Du schwankst gerade, deine Stimme, wieso fünfzehn, ja und, können fünfzehn Jahre sein, Differenz oder achtzehn, du findest, wieso schizoid. Du findest mich krank, jetzt – schon immer, das ist ja gut. Gut zu wissen. Endlich. Nur raus damit, spuck es aus jetzt. Hallo, ja, hier höre ich dich. Ja, letzte Woche. Okay, das war echt, doch, das war wirklich ernst. Wieso nicht ändern, wieso soll sich das nicht ändern können, von einer Woche zur anderen, das kann sich noch viel schneller ändern, das ist doch normal, ich bin ein ganz normaler Mann, Elsa, das schwöre ich dir. Ich habe keine Angst, wieso Angst vor Nähe und Erfüllung, wenn ich das schon höre, ich verstehe nix – hey, hallo, hallo bitte, Elsa, also Murmelchen, ich bitte dich, keine Geheimnistuerei mehr und dieses beschissene Versteckspielen. Okay, dass es dir wehtut, Elsa, das, wir sind alt genug, natürlich liebe ich dich, ich werde dich immer leiben, lieben, leben meine ich. Wieso schizoid, wieso, nur weil ich, ja, das war Nähe, klar war das Nähe letzte Woche. Ja, dann ist sie halt achtzehn Jahre jünger, mein Gott, wieso perspektivlos. Ich brauche das nicht, neinneinnein, es ist keine Frage des Brauchens, komm mir nicht so, ja, ich brauche gar nichts, Elsa. Ich könnte auch ganz allein. Na klar! Hee, hallo, bist du noch dran, dein Netz, ich brauche das überhaupt nicht, ich habe es dick, wenn du mit diesem Psycho-Shit. Jetzt sei nicht traurig, du weißt, dass sich das gibt, Mümmelchen, hallo, die Zeit heilt, verstehst du mich, hallo. Natürlich könnten wir es versuchen, wie, was meinst du mit versuchen, bist du da, ja, hallo, wie, du musst mir auch etwas sagen, hallo, man kann alles versuchen, was willst du mir »auch« sowieso schon länger sagen, du hast was? Mit wem? Glaub ich dir nicht! Kein Wort!

Die vielen Jahre mit uns. Diese ganze Zeit, die vergeht, ich bin, doch, natürlich bin ich offen, ich bin für alles offen, Elsa, aber ich muss jetzt wirklich – die Zeit, die kommt, wir sind ja noch jung, das verheilt, heilt doch, du glaubst das nicht, du hast Weichen gestellt, was meinst du, welche »Weichen«, du wirst sehen, haallo, unerträglich, dieser Krach, ich gehe doch lieber wieder, verstehe mich selbst nicht hier, Momento, Elsa, Momentchen mal, verstehe mich jetzt überhaupt nicht selbst! Hier ist es stiller, bei den Gameboys, hallo, ja endlich, hallo, ist das dein Netz schon wieder, wieso bricht dein Netz ständig zusammen, hallo, jetzt, Mümmelchen, hör mir mal zu, haaal, haaal, ja, bist du dran?

Brunftzeit

Nebenan und hier

Kurz vor Mitternacht betrat sie sein Büro, und er bot ihr Kaffee an, wie versprochen.

Sie trat durch diese alte, breite Tür in den Raum, in den großen Flur seines Büros, machte ein paar zögernde, kleine Stöckelschuhschritte, sah auf das Bild am Eingang, ohne es wahrzunehmen, und ging durch die nächste Tür, die er ihr aufhielt. »Kaffee«, sagte er, »endlich einen Kaffee?« (Es geht nichts voran, es bleibt alles stehen, ist eine dumme lange Meditation, dachte er in diesem Moment, ich kann nichts, nichts werde ich tun, alles falsch eingeschätzt, habe sie vor dem Kino angesprochen, dann hierher geschleppt, muss etwas machen jetzt, aber es ist Nacht) »Like some coffee?« Idiotischer Einfall, plötzlich Englisch zu reden, lächeln.

Nebenan, in der Wohnung nebenan, eine Männerstimme schrie, hörte nicht auf zu schreien, brüllte sich heiser, immer wieder schlug diese strenge, halbhohe Stimme auf etwas ein, auf ein Flüstern, auf ein Wimmern, dann manchmal, ein, zwei Schritte, das kam von oben, es kam mehr von oben als von nebenan. Er sagte zu ihr: »Sorry, da oben, das Paar, sehr dünne Wände, keine Angst, das gibt sich bald, das hört wieder auf.«

Als sie durch die Tür in sein eigentliches Bürozimmer ging, durch die Tür, die er ihr aufhielt, muss sie ihn kurz angesehen, kurz gelächelt haben und er versuchte, ihrem Blick auszuweichen. »Es ist sicher etwas spät für einen Kaffee, aber ich habe Ihnen Kaffee versprochen.« Ich werde diesen Kaffee nicht hinbekommen, dachte er, schon gar nicht werde ich die Sache *nach* dem Kaffee hinbekommen, ich habe eigentlich nie etwas hinbekommen, auch dies hier nicht, ein statischer Text, das hier, kein Höhepunkt, keine Spannung, kein Ende, in dem er sich wie ein Idiot vorkam. Sich wie ein Idiot benahm. »Ja, einen Kaffee, gerne, warum nicht«, hörte er sie sagen, lächeln. Ganz weit weg. Er war noch immer überrascht von ihrer tiefen Stimme aus schwerer schwarzer Schokolade, der fremde Akzent, russisch möglicherweise, und er ging hinüber zur Kaffeeküche, die fünf Schritte durch den Flur hinüber zur Kaffeeküche, summte leise: »Schwarzer Kaffee, schwarzer Kaffee« vor sich hin, während von oben – oder war es doch von nebenan? – plötzlich deutlich herausgeschleuderte, ausgespuckte Worte zu verstehen waren, »du ekelhafte Sau, du alte Säuferin, du hast«, und dann fuhr draußen auf der Straße ein Motorrad vorbei und man verstand nichts mehr. Aber was konnte ihm Besseres passieren als das gewohnte Drama der Nachbarn?

»Haben Sie denn Kaffee da?«, fragte sie, jetzt aus dem eigentlichen Bürozimmer heraus quer über den Flur, während er seine konzentrierte, ernsthafte Tätigkeit in der Tee- oder Kaffeeküche begann. Er nahm aus dem Kühlschrank den Arabica und die Sahne, der Kaffee ungemahlen und immer Arabica, hatte er von seiner Frau gelernt oder von seiner Mutter, er kippte die duftenden Bohnen in die Kaffeemühle und ließ sie schnurren und knirschen, viel zu laut für diese Uhrzeit, die Nachbarn links würden sich beschweren, die Wand war hauchdünn, die Miete astronomisch, ein Nachkriegsbau, wie das meiste hier in der Gegend. Also die übliche Katastrophe, nichts Besonderes. Danach musste er mit dem Rührstab die Milch schäumen, das Mahlen auf dreißig Sekunden begrenzen, nicht zu fein, nicht zu grob. Er zählte bis dreißig. Alles, aber auch alles lernst du von den Frauen, jetzt stand er nach vorn geneigt, fast lauernd und rührte die Milch, frische Milch, aber nicht warm genug. Immer Arabica, nur Arabica ist gute Bohne, (diesen Blödsinn haben Sie von Ihrer Mutter, hatte ihn später ein Kaffeefreak angeraunzt, völliger Schwachsinn, hatte der Freak erklärt, ich werde Ihnen jetzt mal sagen, worauf es wirklich ankommt, beim Kaffee, wenn Sie mir mal zuhören), er zählte bis fünfunddreißig.

»Wenn du noch einmal«, hörten sie den nachbarlichen Bariton brüllen, dann ein Möbelrücken, hastiges Stampfen von Füßen, leichteres Tippeln dazwischen, minutenlang das Kreischen und Grunzen schwerer Möbel oben, direkt über seinem Büroflur. »... dich umbringen, auf der Stelle, sofort bringe ich dich ...«, wieder drehte draußen einer sein Motorrad hoch, die Milch war leicht schaumig jetzt, genau richtig. »... in kleine weiße Scheiben«, schrie die heiser hechelnde Stimme des Mannes, »zerhacken werd ich dich zu Gulasch, zu Fleischsalat …«

»Das ist jetzt schon der zweite Akt«, sagte er, »es tut mir so leid, dass Sie«, als er die leeren Tassen hinüber trug, den Zucker und den Süßstoff, hinüber in sein Bürozimmer, das etwa drei mal drei Meter groß, einem Kerker glich, die Fenster klein, vergittert. Als wäre es nur versehentlich gefüllt mir Akten, Büchern, Leitzordnern. Sie, wie hieß sie eigentlich, schlug die Beine übereinander, und die Reibung ließ ihre Haut knistern, ganz wie in dem Film mit Sharon Stone, den sie eben angesehen hatten, getrennt voneinander, eben, bevor der Film zu Ende war und er sie angesprochen hatte und sie an seinem Büro in der Innenstadt vorbei gekommen waren und er diese Idee hatte, »warum nicht«, sie hier oben zum Kaffee, und ihr möglicherweise diesen antiquarischen Bildband zu zeigen, manche Ideen, dachte er, während das Kaffeewasser von sechzig auf neunundneunzig Grad hochkochte und anfing zu blubbern, sollte man nicht aussprechen, das wäre schon fast die Rettung der Menschheit, einfach nur schweigen. Er arbeitete allein in diesem Büroraum, »acht bis neun Tage« in der Woche, »dreißig Stunden pro Tag«, scherzte er gern, »Zucker«, flüsterte sie, »ach ja, hier«, es war nicht exakt, was er wollte, wie er es wollte, aber es konnte ein Anfang sein, wenn es ihm gelänge, dran zu bleiben. Immer konnte es ein Anfang sein, es war etwas Spontanes, er hatte sie plötzlich angesprochen nach diesem Spätfilm, sie war allein. Wasser begann zu rauschen, drohte akustisch, die Wohnung zu fluten, Wasser von oben oder nebenan.

»Es dauert«, sagte er, »es dauert alles, leider.« Die Zubereitung von Kaffee zelebrieren, Genuss wenigstens antäuschen. Eine Finte, lächelte er, hätte er beinahe gesagt. Er hatte die Tassen sacht auf das winzige Tischchen balanciert, dessen linkes Bein von der Tür aus gesehen zu kurz war, und das er vor Jahren aus der ersten Ehe gerettet hatte. Er sah auf die Uhr. Ein oder zwei gefaltete Papiere lagen unter dem Bein. Zerschnittene Kurzgeschichten, die er gelegentlich verfasste, wieder verwarf und zu keinen Schnipseln zerriss. Für das Tischbein.

Das Donnern des Wasserfalls hatte abrupt aufgehört, die Stimme sang jetzt schluchzend, dass »er« zum Ponte Vecchio, Väterchen Teures höre, gehen und sich das Leben nehmen müsse. Die Bürotür fiel sanft, beinahe unhörbar ins Schloss, und der Bariton steigerte sich grandios, brach plötzlich ab. Eine Frauenstimme lachte, »der dritte Akt beginnt«, rief er von der Kaffeeküche hinüber.

Ob dieser Kaffee, ob der ihm nicht zu bitter geraten war, diese Milch schäumte ja überhaupt nicht richtig. »Marja«, sagte er in die Stille hinein, »Sie heißen doch Marja? Wie fanden Sie die Stone heute in dem Film, ich meine mal abgesehen davon, dass es ein Aufguss des ersten war«, er ging hinüber in sein eigentliches, das Kerkerzimmer, stellte sanft das Tablett auf das Tischchen, setzte sich direkt gegenüber von Marjas Platz, der jetzt leer war, auf den Stuhl und rührte mit dem silbernen Löffel behutsam den Zuckerwürfel. Bis zur Auflösung.

»Sharon Stone mit Mitte vierzig, unglaubwürdig«, setzte er nach. »Eine solche Schauspielerin, mit 40 total erledigt.« Es war beinahe dunkel, nur noch im Flur flimmerte das Neonlicht. Alles sehr ruhig hier unten, gut nach Mitternacht. Er schaute auf das Bild am Eingang, die üblichen »Blauen Pferde«, die im Lauf der Jahre, der Jahrzehnte zu Kitsch geronnen waren. Der ganze Blaue Reiter: Kitsch. Picasso Kitsch. Oder wir werden zu streng, zu einsam, alt und streng. Sagte er leise. Einen Miro aufhängen, Klee vielleicht, aber auch die sind schon Kitsch. Die Zeit macht sie fertig, macht uns alle zu Kitsch, er nahm einen Schluck Kaffee, ganz schwarz, ohne Zucker. Nicht mehr authentisch, zu abgelebt und abgegriffen, so unecht sind wir alle, stimmt's? Oben kicherte die Frau. Das ist jetzt das Glück, sagte er zu Marja, die nicht mehr da war, »letztes Kapitel.« Rhythmisches Planschen. Immer schneller. Und die Schreie dazu: »ja, ja, ja!« Er stand auf und räumte die leeren Tassen und das Glas mit der geschäumten Milch zurück in das Spülbecken der Küche und ging, ohne das Licht ganz zu löschen, hinaus auf die Straße.

Der Keks der wahren Vernichtung

Endlich stand ich vor ihr. Sie hatte meine Nummer aufgerufen, die 57, die ich vorher draußen im Flur des Sozialamts »Nord« von der Banderole gezogen hatte, alles korrekt, das war nicht der Punkt. Die Sachbearbeiterin in Zimmer 1067 war neu. Ich hatte mit der Mütterlichen gerechnet, vor der ich gern den Jungenhaften gab, während sie die Mütterliche vortrug und schon mal neun gerade sein ließ. Ich kannte sie seit etwa fünf Jahren, seitdem ich den Job als Handelsvertreter verloren hatte, Dentalbranche, Ärztebesucher, wie man sagt, ich kam gut mit ihr aus, fünf Jahre lang, ausgezeichnet, mit der Alten, das war nicht der Punkt.

Jetzt saß da eine Neue, braunhäutig, Mutter aus Jamaika oder Martinique, allenfalls dreißig und sah mich auffordernd an, was wollte ich da noch mit dem Jungenhaften, ich hätte ihr Vater sein können, na fast jedenfalls. Ich tippte eher auf Martinique. Sie war schick und dünn wie diese »Go-Go-Girls«, die zu meiner Studentenzeit auf den Disco-Bühnen tanzten und von denen wir annahmen, dass du mit ihnen später irgendwo nach nebenan verschwinden konntest, das war nicht der Punkt.

Durch das milchige Fensterglas des Sozialamts, vor dem noch immer der riesig wuchernde Ficus Benjamina der Mütterlichen stand, brach dumpf das Sonnenlicht, es war ein gleißender Tag draußen, Frühlingsanfang oder so, zu heiß für die Jahreszeit, klar, aber das war nicht der Punkt. Der Haarantrag: Sie durfte meinen Haarantrag auf keinen Fall abschmettern. Ich brauchte neues Haar, schon aus beruflichen Gründen, da durfte es kein Zögern geben, das war absolut heiß der Punkt. Nachdem ich Ausweis, Geburtsurkunde, Meldeblatt und den jüngsten Sozialhilfebescheid aus der Plastikhülle geholt und vor ihr ausgebreitet hatte, ließ sie sämtliche Papiere mit lasziver Lässigkeit durch die Finger gleiten und tippte drei, vier Zeichen in ihren Computer, ganz, ganz langsam und sah mich zwischendurch kurz an, direkt in die Augen, das war ich nicht gewöhnt. Da der Jungenhafte nicht landen würde, musste ich den Überlegenen ausspielen. Etwa »Kennen Sie die aloplektische Depression?« – War nur ein Versuch, irgendwie reinzukommen in ihr System, mich einzuloggen in ihre Wahrnehmung, konnte natürlich nicht auf Anhieb klappen. Langzeitwirkung abwarten, Überlegenheit hat Langzeitwirkung fast immer.

Ob ich ein Attest hätte.

Atteste sind bekanntlich kein Problem, natürlich hatte ich. Bei mir gab es ohne jeden vernünftigen Zweifel die suizidale Komponente. Das war nicht der Punkt. Denn ich starb langsam ab, Haar für Haar, bald würden auch andere Organe aus- oder abfallen, ein Finger vielleicht oder zuerst der kleine linke Zeh. Damit musste man jeden Abend rechnen, der Substanzverlust, die genitale Schwäche, der Sog in den Todesschacht, das war in meinen Jahren immer schwerer zu verdrängen, ganz zu schweigen von der Angst Nacht für Nacht, nach der Morgendusche, wieder Hunderte von Haaren zu finden – der eigene Körper eine aussterbende Art. Ich schob ihr ein Attest über den Tisch, sie ließ es in einen Ordner gleiten, mit der Aufschrift »Depressionen«.

Depressionen, selbstverständlich. Heilbar, selbstverständlich. Ich brauchte nur diese neue Wunderdroge gegen den Haarverlust, gegen die Runzeln im Gesicht, das Nachlassen des Gedächtnisses, das Absterben der Zähne, ein Stempel von ihr und ich konnte gegenüber in der Apotheke. Ein Einkaufsgutschein, aber schnell!

Da bot sie mir plötzlich, es durfte nicht wahr sein, sie musste frisch von einem Mitarbeitercoaching auf einem anderen Stern kommen, sie bot mir Schokokekse an, oben Keks, unten Schoko. Fragte, ob ich bitter wollte oder süß. Süß natürlich, süß wie Ihr Mund, sagte ich oder dachte ich, rutschte mir raus und schüttete ich sofort zu mit einem Redeschwall über die biologische Entstehung des Haarausfalls, wie ich es als Ärztevertreter eben gelernt hatte für den Notfall, alles zuschütten, hatte mein Chef immer gesagt, wenn du nicht mehr weiter weißt.

»Wir bezahlen keine Lifestylepillen.«

Knallhart dieses junge Aas, ich konnte es mir denken. Luft holen. »Ich komme, jetzt hören Sie mir mal gut zu, aus dem

Dentalbereich, zehneinhalb Jahre Dentalvertretung, das ist kein Zuckerschlecken«, murmle ich, »mein Name ist Schneider, Bert Schneider, ihre Vorgängerin nannte mich Bertie. Es geht hier nicht um Schnickschnack.«

Ich machte ihr klar, dass ich einen neuen Kopf brauchte. Es ging um meinen Job, um meine Beziehung, um alles: dynamische Haarmähne, strahlende Zähne, brillantes Gedächtnis, stahlharte Kaumuskeln, die man seinem Verhandlungspartner zeigen musste – Verkaufserfolge!

»Sie verschaffen mir einen neuen Kopf oder ich bin am Ende.« Ich wusste ihren Namen nicht, das war natürlich schwach.

Aber sie wurde blass. Sie zeigte eine leichte Schwäche. Typisch Sozialamtstussi, damit kannst du rechnen. Zeit für die Attacke: »Sie haben da einen schiefen Zahn, den eins-drei da oben, den Eckzahn, darf ich mal?« Ich griff nach ihrem Unterkiefer, um ihren Mund weiter zu öffnen, jeder hat eine Schwäche im Mund, der eine oder andere Zahn ist ein bedauernswerter Fall, ich sagte: »Da ließe sich noch was machen, aber …«

Sie lachte, ein wenig zu schnell, stand auf, da wusste ich, dass ich sie hatte. Den Gegner verunsichern, ganz klein machen, plötzlich kauft er dir alles ab! Sie war hart, schön und einsam. Tag für Tag kämpfte sie hier an der Front mit überdrehten, hypochondrischen Querulanten, fühlte sich bedroht und hässlich, ihr Freund dürfte sie längst verlassen haben, sie saß abends allein vor Anne Will, Günther Jauch. Sie ging raus und ließ mich warten.

»Möchten Sie vielleicht noch einen Keks?« Plötzlich war sie hinter mir. Ich nahm den Keks. Den Keks der Vernichtung. Schon den ersten Keks hätte ich nicht nehmen dürfen, niemals. Sie trat an mich heran, hielt meine Augen zu und zog meinen Kopf sanft nach hinten. »Vergessen Sie meinen Antrag nicht«, konnte ich noch flüstern. »Schokopads«, sagte sie, um mir zwei warme Kekse auf die Augen zu legen, hielt das Dritte mit dem süßen Schokorand an meine Lippen und schob ihn dann langsam in meinen Mund, millimeterweise. Sie beugte sich über meinen erblindeten Kopf, sodass ich ihr Haar riechen konnte, ein schwerer, dunkler Duft. Und das Marzipan ihrer Brüste an meinen Schultern spürte. Auch das hätte ich sofort ablehnen müssen, keine Kompromisse im Verteilungskampf, aber es war schon zu spät, da klopfte jemand kurz an die Tür und stürmte herein. Als ich die Augen öffnete, mit den Keksen rechts und links in den Händen, war sie verschwunden, und ein Dicker brüllte mich an, mit altem, kaltem Geruch und rundem, rotem Kopf.

Der Haarantrag war abgelehnt, »höheren Ortes«, wie sie sagte, und sie sei für derlei Medizinisches ohnehin nicht zuständig, als ich das nächste Mal vorsprach. Diesmal als einer der Ersten, Nummer 003 der Banderole, nützte nichts. War in ihr System hineingezogen worden und offenbar darin gefangen, hatte das Passwort nicht. Klickte herum wie verrückt. Hätte gern auf meinem Anliegen insistiert, Widerspruch und so weiter. Wollte die Auflösung meiner Physis nicht kampflos. Schon gar nicht, wenn sie auch meine Sprache beträfe. Die Worte fehlten mir wie die Haare, ich konnte nicht mehr reden wie früher, als ich noch mit vollem Haar alle Gegner und Kunden im Dentalbereich locker geschlagen mit links.

Als ich nach Wochen zum dritten Mal 1067 betrat, hatte ich Weinbrandbohnen dabei. Intuitiv hatte ich auf diese Reinkultur gesetzt. Jetzt ging es um keinen Antrag mehr. Ich war einer der letzten, der eine Nummer von der Banderole zog, draußen im Flur, an diesem Tag. Und ich blieb mit meiner dreistelligen Ziffer länger dort drinnen, als ich gedacht, gewünscht, gefürchtet hatte, denn gleich nach dem Eintritt sah ich mich unter dem wilden Ficus liegen, der Vorgesetzte war zur Kur, die Kolleginnen schon im Feierabend, und eine Turmuhr ganz in der Nähe schlug melancholisch vier Mal. Ich hatte die Augen zu schließen und spitze Finger knöpften und öffneten, was immer an mir zu öffnen war, diese Knopflöcher, durch die man in unsere Nähe kommen, auf unser Inneres, unsere dunkle, rostbraune Liebe so spielend leicht zugreifen kann. Lippen mit dem Geschmack von Weinbrand kamen nach und Wolken eng beschriebenen Papiers glitten von den Schreibtischplatten über mir herunter auf mein Gesicht und breiteten sich sanft und raschelnd über uns. Die Schneedecke des Winters, das Laub der Herbstwälder, der Sand der Copacabana – das Passwort!

Es gab noch, ich war fest entschlossen. Ich musste, es sollte, man konnte doch – Attacke, Überlegenheit, Witz! Eine vollkommen verantwortungslose Position, eine unverantwortliche Geschichte, ohne Zweifel, und ich möchte mich so und nur so an sie erinnern.

Im Spiegel

Ja, also wissen Sie, so etwas kann man eigentlich gar nicht erzählen – die würden es mir nicht abnehmen, ich sage immer zu meiner Frau, Lotte, die werden es mir nicht glauben, wenn ich es erzähle, wenn ich es vorlese. Ich stehe zu Hause vor dem großen Spiegel, den meine Frau damals in die Ehe eingebracht hat, und sage Lotte, dabei sehe ich mich sehr genau an, stehe etwa zwanzig Zentimeter vor dem eisigen Glas des Spiegels, meine Augen, ich sehe sehr genau das Ultramarin meiner Pupillen, meine langen, tuschschwarzen Wimpern, sie liebte doch meine Wimpern, wenn ich mich nicht irre und sage, wenn die mir das glauben, dann gehe ich zu Fuß nach Mekka oder sogar Lourdes.

Du weißt doch, meine Fahrt jeden Morgen in die Arbeit, ich habe also neulich im Golf an der Ampel gestanden und die spielte verrückt, schaltete von Rot auf Schwarz und wieder Rot, lasse das nicht mit mir machen, will gerade bei Rot durchstarten, mitten hinein in die Kreuzung und durch, da sehe ich diese schwere Dunkelhaarige wieder, diese Proportionen, direkt neben mir, nur gerade so aus dem Winkel diese Proportionen, links direkt neben mir. Sie steht an der Businsel und wartet ein oder zwei Meter neben mir, sage ich zu Lotte, während ich noch etwas näher an den Spiegel trete, sage ich, hallo, Schönheit, wie ich eben so rede, wenn ich in Form bin, zappe die Fensterscheibe links herunter, wollen Sie nicht einsteigen, ich meine, wir haben doch dieselbe Strecke, müssen Sie nicht auch nach Martinsried? Ich habe mein Labor in Martinsried, teste Honig, Sekt und Schokolade, nicht gerade die schönste Gegend, aber erfolgreich.

Du, die lächelt zu mir herunter, natürlich hat sie mich noch nie bemerkt, während ich sie schon seit Jahren kenne, immer an derselben Haltestelle, gegen acht dreißig, blasse Haut, Sommersprossen, Frauen laufen ja mit gesenktem Blick durch die Welt, kulturell bedingt, kein Vorwurf, Lotte. Die Ampel schon wieder auf Rot, ich pole den Ärger einfach um, zack, springe raus und sage »Messner« – kennst du das, wenn man die Energie ganz tief innen in sich behält und ins Positive wendet, eine starke Übung, also »Messner, Fred Messner«, und es könnte bald ein Gewitter kommen, und wir hätten dieselbe Strecke, ich wüsste, dass auch sie in Martinsried, und ich würde sie schon so lange kennen, würde nächsten Monat mein heimlich Fünfjähriges mit ihr feiern, so könnte man das sehen. Und »Schaun Sie diesen Himmel, man muss immer den Himmel im Auge behalten«. Lotte, hörst du mir zu? Die ersten Regentropfen.

Das war schon etwas anders damals, als du noch gelebt, geantwortet hast, ab und zu wenigstens, mir zugehört, nehme ich an, und geantwortet. Andererseits ist es heute leichter, wie die Dinge liegen. Mir nicht ins Wort fällst, verletzt bist oder die Verletzte spielst – also ich habe sie nicht sofort berührt, was du immer gleich von mir denkst – vielleicht mal kurz angedacht ganz hinten am Ende der Hirnschale von Mann zu Mann; oder ganz vorne, Hypothalamus.

Dann musste ich aber noch nachlegen, ich brachte das »Da Vinci« ins Spiel, in dem ich sie oft am Mittag sah mit ihren Kollegen, und ihren Lieblingseisbecher, Amarena für neun fünfzig, das zog natürlich, dass ich ihren Amarena kannte, und dass sie noch ewig hier stehen würde, weil der Bus nicht käme und der Stau schon bis tief nach Schwabing hineinreichte, und es anfing, stärker zu regnen. Und dass ich mich mit ihr über so viele Themen seit so vielen Jahren unterhielt, ohne ihr Wissen. Und dann stieg sie tatsächlich – die werden das nie glauben – vorne zu mir ein, vorne! Lächelte einfach irgendwo zwischen Erwartung und Resignation in mich hinein und saß plötzlich neben mir und schlug die Beine übereinander, und deshalb sah ich ihren kurzen Rock, blau.

Ich war natürlich nicht vorbereitet, hatte vorne die schmutzigen Laborkittel in der Plastiktüte von ALDI mit Henkel, die ich erst mal nach hinten warf. Dort, im Fonds, lag ein Opernprogramm, so richtig seriös sah es hinten aus, als hätte ich einen dicken Volvo. »Carmen« war es, glaube ich, noch aus Lottes Zeit, bekanntlich eine Eifersuchts- und Liebessache.

Der Spiegel riesig, ein Erbstück von Lottes Mutter, hundertzwanzig mal zweihundertdreißig Zentimeter. Sehr schnell erfasst du alle Einzelheiten damit, nichts entgeht dir so leicht in diesem Glas. Ich trat eines Morgens heran und zog das Augenlid links herunter, leicht gelb wieder unter der Pupille, schlechte Leberwerte, der Ärger im Labor vermutlich. Seit Lotte weg war, schlechte Leberwerte, aber kein Tropfen Alkohol mehr ohne Lotte, nichts; dann kam der Bus. Hielt kurz, schnaufte seine Türen auf und zu und fuhr weiter über die Kreuzung, brach eiskalt durch die lästigen Individualfahrzeuge und war schnell entschwunden. Etwas später kam ein berittener Polizist, band sein Ross an die Ampel und begann den Knoten langsam zu entflechten. Der Bus, sagte ich zu der Dunkelhaarigen, Lara hieß sie übrigens, gleich, als sie sich auf den Sitz gleiten ließ und die Tür noch offen stand, hatte sie gesagt, ich heiße Lara, übrigens, der Bus ist jetzt sicher schon in Martinsried oder sogar hinter Martinsried, und für uns kann es noch ewig dauern, es tut mir leid, die Dinge ändern sich, wollen Sie noch ein paar Takte über Stammzellen, Klonen, künstliche Befruchtung, von wegen chemisches Labor, das Thema lag auf der Hand, oder sagen Sie gleich Ihrem Chef Bescheid, hier nehmen Sie, sagen Sie es ihm. Wir werden wohl etwas länger unterwegs sein. Ich gab ihr mein mobiles Telefon.

Lohnt es sich überhaupt noch, schau'n Sie, es ist ein zu grausam schöner Tag für das Büro, der Himmel ist auf einmal wieder klar bis auf ein paar kleine Wolken, und diese ersten Tage im Juni sind so rar. War so ein Versuch von mir. Habe selbst nicht daran geglaubt. Sagen Sie doch gleich alles ab! Sie gab mir einen Blick, Lotte, du hättest sofort gewusst, in welche Kiste der gehörte, und wohin das alles führen würde, schon im Ansatz hättest du's erkannt, aber ich rätsele bis heute, was sie wollte, während sie ihren Chef anwählte. Wir könnten uns gleich dort drüben im Park in Ruhe unterhalten, oder an einem kleinen See in der Nähe, schon seit vielen Jahren habe ich mit Ihnen so viele Selbstgespräche geführt, immer wenn ich Sie gesehen habe, ging es sofort los.

Sie müssen mich schon wählen lassen, ich kann nicht wählen, wenn Sie sprechen.

Entschuldigung, aber das wäre wirklich wichtig, diese Gespräche weiter zu führen mit Ihnen, die ich seit Jahren im Auto führe und die meinen Kopf blockieren, meine Brust (Handbewegung zum Hals). Dann endlich ihr Chef.

Ja, also, es wird mir ja ohnehin niemand glauben, aber sie sagte alles ab, den ganzen Tag in Martinsried, und wir fuhren, als die Kreuzung frei war, und der Polizist sein Pferd wieder losgebunden hatte und den kleineren und größeren Kraftfahrzeugen mit dem Zügel in der Hand noch ein wenig hinterherträumte, wir fuhren einfach sofort in den nächsten Park. Du würdest es mir doch gegönnt haben, Lotte, es war einfach eine kleine Unterhaltung, nichts Besonderes, wenn du uns noch hättest sehen können, Lotte, was mich betraf, ich blieb ganz und gar ruhig. Der Spiegel, weißt du noch, wenn man abends hineinsah, im bläulichen Licht, beinahe lila, so alt, sagtest du da manchmal, sehe ich aus, bevor ich mal sterbe, so spitz am Kinn und faltig im Genick, und unter den Augen wie gerädert, dabei war's doch nur das Licht, dachten wir. Sie setzte sich im Park neben mich auf das gemähte, frisch duftende Junigras und warf plötzlich alles ab, Lotte, du hättest lachen müssen, so sind die Frauen, hättest du gesagt, sie ist ein Luder, Fred, das solltest du doch wissen – aber jetzt gönn' mir doch – die glauben, wenn ich das meinem Schreibkreis vortrage, sowieso nichts mehr, spätestens an dieser Stelle steigen sie aus, wenn ich diese Geschichte vorlese, obwohl das glaubhaft ist, weil oben »ohne« damals gerade noch Mode war, eine etwas ältere, zopfige Mode allerdings, aber viele Frauen in den Parks trugen sie noch immer, warfen obenrum alles ab, und ich erzählte ihr von diesen längeren Selbstgesprächen mit ihr im Auto, das um mich herum ganz geschlossen war, sodass ich laut sprechen oder auch schreien konnte, immer wenn ich sie dort gesehen hatte, gegen acht dreißig morgens, über die Beziehung, die wir führten, die Filme, die wir liebten, die Kinder, die Kriege in Nahost, ich konnte mich unglaublich gut mit ihr streiten, sie war politisch belesen und wir hatten einen so intensiven fast täglichen Vormittagskontakt – aber auf einmal war das alles so weit weg, und sie hörte mir nicht mehr richtig zu, und ich konnte sie nur noch ansehen, wie sie sich drehte und auf Handballen und Kniescheiben über die Wiese krabbelte und Löwenzahnblätter pflückte. Blätter für ihr Kaninchen »Zappel«, wie sie sagte. Ich holte dann mein Notebook aus dem schwarzen Koffer, den du mir noch geschenkt hattest, Lotte, musste doch alles notieren. Ich war schließlich bis zum Äußersten gegangen nahezu, und ansonsten war es ein ganz normaler Frühsommertag, wie ich ihn nicht besser erwarten konnte, wenn ich schon nicht ins Labor ging, sagte ich zu unserem Spiegel und legte langsam meine Stirn ganz fest auf diese eisigkalte, glasige Stirn mir gegenüber.

Reisende Romane

Die schöne Nachbarin, deren Mann vor Kurzem gestorben war, hatte schon länger etwas geahnt. Sagte sie. Dass etwas nicht stimmte mit ihm, seit etwa zwei Jahren. Als das mit den Zetteln anfing. Immer wieder fand sie diese »Geschichten«, wie sie sagte, in seinen Hosentaschen, oder Notizen. Nicht etwa, dass sie darin herumschnüffelte, in den Hosen des Mannes, als er noch lebte. Es war einfach ihre Pflicht, die Taschen zu leeren, bevor sie in die Reinigung kamen. Oder in die Waschmaschine, die älteren Teile. Eine Art Abkommen zwischen Mann und Frau. Er füllte, sie leerte. Aber dass es so enden musste! Sie fragte sich oft, ob diese Zettel wirklich Teil des Abkommens waren oder es sprengen sollten, aus seiner Sicht.

Hässliche Flecken, winzige Papierbällchen und -fetzen, verstreut klammernd an allen Hemden, Socken, als sie das einmal vergessen hatte. Diese ständige gründliche Entleerung – als müsste sie immer wieder seinen Magen auspumpen. Nur weil der Mann plötzlich angefangen hatte, bekritzelte Papiere in seine Hosentaschen zu schieben, beschriftet mit seltsamen Sätzen, vor zwei Jahren oder drei. Er wollte berühmt werden, sagte sie. Mit einem Roman! Sie warf alles in einen Müllsack, alle diese Zettel. Stellte den Sack in sein Zimmer, neben den Schreibtisch. Er war doch eigentlich gelernter Ingenieur!

Längst wäre es Zeit gewesen für einen Arzt, einen Facharzt natürlich, wie sie betonte. Nur ein Spezialist konnte in diesem Fall Klarheit bringen, oder vielleicht ein Schamane. Heilung? Ramona, so hieß die Nachbarin, hätte am liebsten Reiki, Pulsing oder einen Sioux-Medizinmann vorgeschlagen, wie sie jetzt allerorten zu haben waren. Sie ging die Anzeigen der großen Zeitung durch unter »Verschiedenes«. Aber wollte sie die Heilung damals? Wollte sie wirklich? Sie sagte dazu nur wenig. Todesboten, so viel sagte sie, untrügliche Boten der Finsternis seien diese Zettelchen damals gewesen. Derartiges durfte und konnte man womöglich gar nicht heilen.

Das war natürlich kein Vergnügen, in diese Hoseneinstülpungen zu greifen, immer zuerst die rechte, in der sich regelmäßig faulig feuchte Taschentücher fanden, und dann die linke, mit den Papieren. In die sie früher mit Genuss gegriffen hatte, etwa wenn sie gemeinsam durch den Central Park geschlendert waren, an dessen Rand sie fast zwei Jahre gewohnt hatten und geträumt von einem ganz anderen Leben, mit beruflichem Aufstieg! Hineinzugreifen und sich seiner zu versichern, seines »Lustzackens«, wie sie das genannt hatte. Ihn zu erforschen, ihn aufzurichten aus ständig lauernder Depression.

Später, viel später, dann ohne diesen sozialen Impuls hineingefasst, aber doch mit gewissem Interesse, ob wieder Geschriebenes darin wäre, eine Botschaft etwa, die sie verstehen konnte. Frauen, sagte sie, von schreibenden Männern, sind immer auf Spurensuche. Zu einer Geliebten oder zu einer Idee. Aber immer nur diese unansehnlichen, unappetitlichen Fitzel, die sie anfangs noch entfaltet hatte, hastig, und die oft dunkle Fragen enthielten etwa an Habermas oder Schopenhauer oder auch Sartre, das Scheusal, den er so verehrte – das war es, was sie sagte. Wie sie es sagte.

Es war keinesfalls plumpe Neugier, versicherte sie, wenn ich sie im Aufzug traf zwischen Tiefgarage und achtem Stock, die ihre Hand immer wieder in diese Finsternis trieb. Keineswegs wollte sie Heimlichkeiten aufdecken, die man bei einem Mann durchaus vermuten konnte, der über siebzehn Jahre mit einer Frau zusammen war, ohne jemals bei einer Unkorrektheit angetroffen zu werden (ihr Ausdruck: »Unkorrektheit«). Vielmehr begann sie selbst immer mehr unter dem Gefühl zu leiden, eine Heimlichkeit zu begehen, indem sie diese Papiere las, ihn zu verraten, ihm etwas zu entreißen, das er dringender benötigte als eine Medizin. Nicht Krankheit, wie sie zunächst vermutet hatte, anzeigend, sondern Heilung, Rettung womöglich. Konnte sie, andererseits, ihn einfach sich selbst überlassen, ohne ein Auge auf ihn zu haben, ihn ohne Begleitung treiben lassen im

Uferlosen, im Meer der Finsternis? Es war Pflicht und Schmerz, alles zu lesen.

Beim ersten Mal allerdings, das gab sie zu, war sie erhitzt, spürte die Hände erstarren vor Hast und gelbem Zittern, als sie eines dieser Blätter öffnete und entzifferte. Botschaft hatte sie vermutet, an eine heimliche Geliebte oder von einer großen Liebe, der »Liebe seines Lebens«, die sie an fremdem Ort vermutete, die es irgendwo geben musste, jetzt, wo er Dichter sein wollte. Treffs, die vereinbart wurden, Schwüre, gehaucht auf Liniertes oder Kariertes, auf weiches, von Wärme und feuchter Luft ermattetes Papier, Toilettenpapier nicht selten, oft Servietten – wo auch immer ihm ein Einfall gekommen war. »Kassiber aus dem Isoliertrakt der Ehe« – nein, das waren nicht ihre Worte, das war es, was ich dachte, pardon. Sie hatte aber vor allem Anfänge von Erzählungen gefunden, immer wieder Anfänge, vier, fünf Sätze auch mit verschiedenen Anfängen derselben Geschichte, als bestünde die Welt nur aus Anfängen. Sofort in den Sack damit, hatte sie gedacht, dieses unentschlossene Angefange, nur sofort in den Müll.

Sie zitierte einmal sogar einen Satz aus dem Gedächtnis, der offensichtlich aus einem erotischen Abenteuer stammte, und wollte von mir wissen, ob das authentisch wäre, womöglich erlebt, von ihrem Mann. Aber ich konnte das Thema überspielen. Ich habe den Satz auch vergessen inzwischen, beinahe vergessen.
Einmal ein Finale in den Müll geworfen, sagte sie, ein ganzes Finale, so schien ihr, weil jemand abgereist war oder verstorben, geküsst und verlassen. Es sei ohnehin nicht so genau zu erkennen, meinte sie, bei den modernen Sachen, wohin es gehe, Anfang und Ende, so seien diese Geschichten selbst wie Hosensäcke, aus denen man alles Mögliche herausziehen könnte, nur, kicherte sie, dass es nichts darin aufzurichten gäbe. Das war, als wir uns im Aufzug gegenüberstanden und erst mal einige Minuten unsere Schuhe betrachtet hatten. Oder Füße. Sie hatte sehr schlanke Füße. Nicht mehr ganz jung, wie mir schien, aber schlank. Hübsch vielleicht sogar, verlockend, sodass ich mich hinunterbeugen wollte zu ihnen, ja, einen guten Fuß trug sie, konnte man sagen.

Sie können sich ja denken, löste sie das Schweigen, zuerst diese furchtbare, alles lähmende Eifersucht und dann diese Angst um ihn – seine Verwirrtheit – Ruhm aus der Hosentasche, wenn es das war, was er wollte, wenn er überhaupt etwas wollte, was ich nicht wusste, nicht wissen konnte. Nur vermutete!

Sie hatte ihn nie gefragt, was das Ganze sollte, so einfach war ihre Ehe nicht, dass man so etwas fragte (du, sag mal, was sind das eigentlich für Zettel?). Eine Ehe, meinte sie zu mir im Aufzug, ist entweder so, dass man fragt, oder sie ist es nicht, und unsere Augen trafen sich kurz im Spiegel des Aufzugs. Ihre tiefschwarzen Augen zuckten, als lägen sie am Grunde einer Quelle, vibrierend und mit zarten rosa Streifen um die Pupillen, und meine eigenen Augen sahen mich an, suchend, irritiert und leicht erschöpft. Dann schauten wir wieder hinunter.

Er sollte, sagte sie, sein Geheimnis ruhig behalten, sein Hosentaschengeheimnis – sonst wussten sie ja alles voneinander. Dann starb er ganz plötzlich an Herzversagen, nach Angaben der Ärzte. Hatte zwei Tage und Nächte durchgeschrieben an seinem Schreibtisch und war ja auch noch Diplomingenieur, ging auch noch seinem Ingenieursberuf nach – zu wenig Bewegung, habe sie immer zu ihm gesagt, schon lange Zeit vorher –, als dann das Herz ganz überraschend versagte. Vegetarische Ernährung, sagte sie im Fahrstuhl, geradezu mediterrane Ernährungsweise, schlanke Gestalt, Sie kannten ja seine schlanke Gestalt, alle haben diese schlanke Gestalt doch gekannt und bewundert, er hat sich doch gut gehalten für sein Alter und nicht geraucht – oder haben Sie ihn vielleicht rauchen gesehen – nie, also kein Risiko für das Herz, absolut kein Risiko – außer die Bewegungsarmut, wie der Arzt sagt, das Schreiben!

Sie sei noch am Tage seines Abschieds – das andere Wort nahm sie nicht in den Mund – daran gegangen, seine Hosen »auszumisten« – jaja, so sagte sie das. Erst wollte sie alle Beinkleider in die Reinigung geben, das ganze Kontingent, oder in die Waschmaschine, siebzehn Stück. Für jedes Jahr der Ehe eine. So sentimental sei er gewesen. Diese Grüne, habe er einmal gesagt, weißt du noch, Ramona, ist aus unserem New-York-Jahr! In Manhattan gekauft, Ramona! Und diesmal, selbstverständlich, waren sie alle voller Zettel, nicht nur links, sondern auch rechts und teilweise hinten, die Gesäßtaschen. Einen ganzen Roman muss er am Schluss noch produziert haben – »verfasst«, korrigierte sie sofort, einen richtigen Romanschub muss er da auf einmal bekommen haben, als hätte er's geahnt.

Sie drehte sich um, wir waren wieder mal im Aufzug und ihre Schultern zuckten leicht, und ich war nicht sicher, ob sie weinte oder lachte und ich sie trösten oder mitlachen sollte, auch der große Spiegel im Aufzug gab nicht genug dafür her. Vorsichtig legte ich meine Hand auf ihren Nacken, als Angebot, als Trost vielleicht, ich kannte ihn ja noch nicht. Der Lift stand schon einige Minuten still im achten Stock, in dem sie wohnte und bis vor Kurzem auch ihr Mann. Ich wohnte im siebten, direkt unter ihr.

Finden Sie, sagte sie, diese Stelle könnte echt aus seinem Leben sein, mit dem »wütenden«, nein »nahezu wütenden Fortpflanzungswillen, mit dem sie auf mir ritt«? Ich sagte lange nichts, fand meine Hand noch immer auf ihrem Nacken. Unter dem fallenden, langen, rostbraunen Haar dieser Frau, sah die Hand aus wie ein helles, felsfarbiges Tier unter dunklem Wasserfall, geschützt und ein bisschen ängstlich, zuckend. Hat er das wirklich so geschrieben, sagte ich. Der Aufzug glitt wieder hinunter, und wir standen eng zusammen in der Glocke der Schwerkraft. Erstaunlich für ihn, dieser Wortgebrauch. Tiefer unten, vielleicht im Dritten stieg jemand zu, ließ sich mit uns hinunter fallen in die Tiefgarage und stieg dort aus. Ich drückte mit der Spitze meines Ellbogens die »8«.

Ich habe diese ganzen Papiere dann doch nicht in den Müll geworfen, ich wollte die Hosen ja weggeben in den Osten, wissen Sie, etwas Gutes tun. Also stopfe ich die ganzen Zettel wieder hinein, denke, vielleicht, wer weiß, sind sie ja noch etwas wert. Ich packe die fünfzehn Hosen – verstehen Sie, zwei konnte man niemandem mehr zumuten, also fünfzehn in diese großen

Müllsäcke, vielleicht liest sie ja doch noch jemand, 120-Liter-Säcke – diese Geschichten, diesen sogenannten Roman, vielleicht werden wir ja doch noch berühmt.

Und diesen anderen Sack?

Genau, sagte sie, den auch noch und die Papiere aus seinem Schreibtisch und einige Jacken voller Zettel, diese ebenfalls von Papier befallenen alten Jacken, und ich habe alles zur Infanteriestraße gefahren, sonntags hingefahren, Sie kennen sicherlich die Stelle. Dort wo die Lastwagen aus Polen warten und Rumänien, und sie auf einen dieser Laster geworfen, drei Säcke voll, die Männer dort haben gelacht wegen meiner Eile, hinaufgeworfen auf die Ladefläche und weg!

Die Fahrt hinauf in den Achten schien endlos. Ich schaute wieder auf die Füße der Nachbarin und dachte an die Notizen in meiner eigenen Jackentasche. Und an die Zettel in den Hosen. Dann, endlich oben, stiegen wir aus. Sie fingerte an ihrem Schlüsselbund und schloss die Tür auf. Ihr heller Nacken, als sie die Tür nach innen aufdrückte, zog mich hinein in die Wohnung – jetzt, da wir allein waren und die Geschichten ihres Mannes unterwegs in andere, ferne Länder!

So, sagte ich, hat jeder seine Chance.

Sie drehte sich langsam zu mir um.

Die Lüge

wollte sehen, ob es morgen noch da wäre und dann erst kaufen, nur, wenn es am nachmittag noch im fenster läge, denn ich wusste, der chirurg würde es kaufen, weil er ahnte, dass ich es haben wollte: das buch.

die buchhändlerin hatte mir den wink gegeben, sie kannte Bruno, den chirurgen, seit längerem, er würde es morgen früh sofort für einen völlig überzogenen Preis kaufen von der rot-blondhaarigen buchhändlerin, weil er morgen frei hätte von seinem blutigen geschäft und annahm, dass ich das buch bereits gewittert, möglicherweise daran geschnuppert hätte. denn es war eines von der sorte, das wusste er, die ich bei gesundem verstand und portemonnaie sofort erwerben *musste*. (wir antiquarkunden umkreisen uns ständig, schnuppern und schlagen zu), um jeden preis.

er konnte nicht ahnen, dass ich ihm diesmal, über die bande mit der verkäuferin spielend, den vortritt lassen wollte. einmal den großzügigen spielen. gerade weil ich annahm, dass Bruno es unbedingt haben wollte, da er nahezu täglich nach seiner blutigen arbeit in der Schwabinger klinik, diese buchhandlung aufsuchte, dass er mir um jeden preis zuvorkommen wollte mit dem erwerb dieser unverschämt teuren antiquarischen erstausgabe. zärtlich wie wir nur zu büchern sein können, legte ich es in die auslage zurück, von wo es die rot – oder platinblonde buchhändlerin, gleichzeitig ins telefon hinein spanisch plaudernd, mir schon gereicht hatte, das verdammt alte buch.

wenn sie spanisch sprach, ich weiß nicht, ob ich das schon erwähnt habe, war sie – naja. ich spürte in diesen spanischen momenten mein herz im halse zucken, links, genau da, fassen Sie mal mit der innenseite der rechten hand dorthin, die carotis! stotterte oder bestellte plötzlich in meinem touristenspanisch, por favor, einen cafe con leche bei ihr, gracias denada! stand da und hörte paralysiert zu wie sie, die absolut platinblonde, spanisch ins telefon gurrte und lachte, deutlich tiefer als im deutschen. als wäre dort, eine gute terz tiefer, ihr wesen verwurzelt. als würde spanisch ihren charakter verändern, wurde sie zu einem südlich-temperamentvollen mezzosopran oder gar alt, und mich packte unbegriffene angst, wenn ich sie spanisch sprechen hörte. als hätte ich eine glühend explosive sinti oder roma vor mir, wie in dieser oper, die jeder kennt. spürte, sie würde mich im nächsten augenblick mir wegnehmen, mir selbst! obwohl sie nicht einmal zu mir sprach, sondern ins telefon, zu ihrem José vermutlich, egal. ›ola, que tal, porque non vienes ? – tienes la coche? Nada mas, nada‹, und so weiter, immer wieder von einem tiefdunklen lachen gebrochen, atemlos. wie sie schließlich ganz nahe an mir vorbei schwebte, noch immer weiter spanisch parlierend mit dem schnurlosen telefon zwischen hochgezogener schulter und schief geneigtem kopf, in einem buch blätternd, sich nur gedankenkurz mir zuwandte, ein hauch von lächeln meine haut streifte, und sie sich an mir vorbei hinunter beugte in die auslage, obwohl ich gar nichts gesagt, noch keinen buchwunsch genannt hatte. Und dabei fiel ihr haar auf meine hand, die ich irgendwo aufgestützt hatte, auf einem rand, einer kante, einem buch. Ihr haar, das kühl war und duftete nach, ich erinnere mich nicht mehr, wonach, jasmin vielleicht, und es traf mich, jedes Mal wie ein elektrischer – nun ja, lassen wir das.

sie wusste sofort hexenhaft sicher, was ich wollte. ich meine, welches werk. sie hat diese irre intuition, diesen speziellen draht zu mir, dachte ich lange zeit. Damals dachte ich noch, sie kann mein herz (oder was auch immer) mit einem blick im brustkorb umdrehen und dieses organ durch haut und rippen hindurch analysieren oder herausnehmen und auf den tisch neben die kasse legen und, wenn sie nur will, dieses alte ding völlig stoppen, auseinandernehmen, zerlegen und damit katzen füttern, vögel, egal. Und ich trat öfters ohne ein wort wieder hinaus, hechelte die straße hinunter zum Atzinger, um dort allein an einem großen tisch eine stunde still zu verharren und ein schwarzes weißbier zu trinken.

ich konnte mir denken, dass Bruno auf das buch brannte, denn es entsprach genau seinem beute- – wie heißt das wundervolle wort – »beuteschema«. er kannte die buchhändlerin schon länger als ich, diese rot- oder platinblonde. schon oft hatte er es auf ein buch abgesehen, auf das ich am tag vor ihm, da ich nicht durch feste arbeitszeiten versklavt war, ein auge geworfen und das ich mir hatte reservieren lassen, etwa die erstausgabe eines Kotzebue für 270 euro, bei der vermutlich schwarzhaarigen buchhändlerin übrigens, sodass chrirurg Bruno, als er nach dem Kotzebue greifen wollte, sofort und absolut ins leere griff.

was aber auch eine finte sein konnte. mir war manches mal, wenn sie, die schwarz- oder platinhaarige, ihr spanisch-telefonat beendet hatte und mein blut wieder ruhiger zirkulierte, irgendetwas seltsam vorgekommen. auch wenn sie an die kasse ging und den schnurlosen hörer zwischen kopf und nackte schulter klemmend (ihr pullover rutschte à la mode immer wechselweise rechts oder links hinunter auf zartbleichen oberarm) ein buch für einen anderen kunden einpackte, in ihr spanisch hinein den preis nannte, fragte »als geschenk verpacken oder ohne?« und dann weiter stakelnd durch den laden Spanisch sprach. Ich ahnte irgendetwas, aber ich vergaß diese ahnung schnell wieder.

vorüberschlendernd an den zeitungs- und tabakwarengeschäften und kleinen cafés hinter der universität und an den antiquariaten, in denen es diese unendlich begehrten seltenen und gigantisch überteuerten bücher gab, dachte ich an die buchhändlerin und wie gut es war, dass ich mit ihr zusammen gegen Bruno spielen konnte, auch was die preise betraf! wenn ich ahnte, dass er dasselbe buch begehren würde, kam es oft über mich, dass ich es zwanghaft kaufte und meinen letzten cent dafür ausgab gegen monatsende, nur um es ... aber nicht mit diesem klassiker, von dem hier die rede ist, einem musenalmanach von 1797, den ich an einem der letzten freitage vor ostern entdeckt hatte; es herrschte dichtes schneetreiben, und man musste seine nase an die fensterscheibe der buchhandlung pressen, um überhaupt irgendetwas zu erkennen. an diesem freitagmorgen wollte ich etwas besonderes mit großer geste Bruno überlassen. ich stellte mir vor, dass er den musenalmanach noch am selben abend oder spätestens samstag früh entdecken würde und sich äußerst angespannt zitternd sowohl der verkäuferin als auch der frage näherte, ob ich es bereits gekauft und möglicherweise nur zum schein wieder zurückgelegt hätte oder aber dachte, der wolfram wird dieses buch schon entdeckt haben, es aber nicht bezahlen können, weil es ihn finanziell überfordert.

am samstag vormittag hatte Bruno niemals dienst am skalpell und würde sich sofort bei öffnung des buchladens um drei nach neun hineinstürzen und am samstagmittag wäre die lage entschieden. der schnee geschmolzen, die märzsonne würde in pfützen und schaufenstern gleißen, kleine rinnsale an den straßenrändern perlend entlangquirlen. Und ein zarter hauch von föhn, ozon, pheromonen oder was auch immer würde sich vermischen mit den letzten scheuen abgasen, die die fahrzeugfilter noch durchließen, und die jahrzehntelang dieses typische großstadtflair geprägt hatten. zusammen mit dem qualm der zigaretten und zigarillos, deren duft uns noch monate oder jahre später an bestimmte gespräche, frauengesichter und gelächter tief in den bars und wirtshäusern der nacht erinnerte.

ich würde an diesem samstagmittag in der buchhandlung vorbeischauen, würde Bruno begegnen mit dem buch in seiner hand, dem musenalmanach von 1797, kostenpunkt etwa 400 euro und ich könnte sagen, Bruno hallo, gratuliere. eine großzügige handbewegung musste mir dazu noch einfallen – die platinblonde würde von mir entzückt sein, endlich, und ich würde sie im hintergrund lächeln sehen, zu mir alleine lächeln und dann wieder ihr Haar so kühl auf meiner hand spüren.

ich hatte übrigens nie die zeit gefunden, all diese bücher zu lesen, und ich fragte mich, ob sie überhaupt zum lesen gedacht und gemacht oder nur ausgeburt verlorener, in sich selbst kreiselnder seelen waren, und hätte sicherlich auch diesen uralten schmöker nie gelesen, diese hunderte von sinnlosen seiten aus dem vorletzten, ja sogar vorvorletzten jahrhundert, die der schneidige chirurg mit seinem präzisen scheitel, so gut kannte ich ihn immerhin, unverzüglich zu lesen begänne, wenn er das blut der arbeit von seinen händen gewaschen hätte.

tatsächlich kam er am Samstag, neun uhr sieben in der buchhandlung, ich hatte sie kaum betreten, mit dem klassiker in händen auf mich zu. er wisse, wie wichtig das werk für mich sei, er verzichte deshalb gerne, und die verkäuferin lächelte unisono, lächelte exklusiv Bruno an, nickte ihm zu, flüsterte etwas auf spanisch in sein dezent geöffnetes jackett hinein und nannte mir den doppelten preis, ochociento. Ich kaufte.

die buchhändlerin übrigens, heißt Olga.

Fluchten

Auf dem Meer

Gleißend klar und die Sonne und blau alles um uns herum, nichts zu tun den ganzen Tag. Niemand tat etwas. Dreizehn Tage lang war alles sehr entspannt, und immer noch schnaubte nur ein leichter, oft wechselnder Wind aus Nordost in das Segel, und der Skipper versicherte gut gelaunt, dass das reichen sollte bis Brindisi am nächsten Morgen. Leise schluggerte das schlanke weiße Schiff in den Wellen. Den letzten Hafen, eine Stadt mit U., finstere Festung und schwarzer Strand, vor zwei Stunden leichten Herzens verlassen, keinen Gedanken verloren, kein Wort über Wetter und Wind, späte Nachmittagssonne.

Die Männer dösen hinten im Boot, entkorken eine Flasche Roten, halten Ausschau nach Delfinen. Die Frauen rekeln sich vorne auf den warmen Holzplanken, als plötzlich eine kleine Welle über die Reling schwappt und Mimi aufschreit, Salzwasser im Haar.

Der Sturm raste ohne große Warnung los und trieb Mimi und die Mutter unter Deck. Für die Männer gab es endlich Arbeit. Der Richter war schon nach wenigen Minuten damit beschäftigt, mein Erbrochenes aus dem Boot zu schippen, während ich das Ruder hielt und den Anweisungen des Skippers folgte, 225 Grad Südwest. Der verschwand nach unten und legte sich aufs Ohr, um fit zu sein »für später«, wie er sagte, wenn es richtig losging.

Ich war mit diesem Arzt unterwegs, der unser Skipper war und mit dem Richter, der mit ihm befreundet war seit Jugendzeiten und der jetzt den Lappen über der Reling auswrang, voll Wasser und mit meinem Mageninhalt, Schiffskameradschaft. Der Chirurg hatte noch seine Frau, Mimi und seine Mutter dabei. Bevor er hinunter ging, sagte er noch einmal, »225 Südwest halten« oder so ähnlich. Der Richter murmelte: »Irrsinn, dass er das Großsegel nicht einholt.« Er schrie: »Ernst, Ernst!« und murmelte dann leise: »Warum holst du das verdammte Segel nicht jetzt ein?« Ich hatte keine Ahnung, worauf das hinaus sollte, das alles. »Manchmal denke ich, er will's, und er will's mit uns zusammen!«, sagte Rob, der Richter.

Ich sagte: »Kentern?«

Ein Sturm plötzlich, wo doch der ganze Tag so blendend sorglos gewesen war, die ganze Woche. Leeres Glück! Entlanggesegelt am Rande der Buchten und der Wunschlosigkeit und die Langsamkeit erspürt, das Genießen der Langeweile gelernt, gepflegte Version. Versucht, in der leergefischten Adria ein paar Fische zu fangen, dann aber doch welche vom Markt gebraten, die aus anderen Meeren kamen. Vor Anker gegangen in einer Bucht ohne Ausgang und Zufahrt, und den Fischer Ante getroffen, der »miseria pesche« auf sein Netz mit drei mageren Fischen deutete. Sie schnappten nach Wasser, bekamen aber nur Luft. Er warf sie zurück und ließ sie davonschwimmen. Sein Haus am Ende eines langen Wegs durch dichtes Gestrüpp. Er hatte nur dieses Haus auf einer kleinen Insel, in dem ein riesiger amerikanischer Kühlschrank brummte und seine alte Mutter auf und ab lief, lachend, ohne Zähne. Sie reichte uns winzige silbern glänzende Fische, die wir mitsamt den Gräten roh verschlingen sollten, fünf oder sechs Stück jeder. Du musst deinen Kopf in den Nacken legen, den Fischschwanz mit zwei Fingern nehmen, und im Mund versenken. Es kratzt im Hals, salzig. Es macht satt.

Jemand konnte über Bord gehen, dachte ich sofort, als dieser Sturm begann. Jederzeit konnte jemand über Bord gehen, ich konnte es nicht verhindern. Nicht einmal bemerken, weil ich nur nach vorne schaute. Der Chirurg etwa, unser Skipper, Ernest. Den die Mutter nach Hemingway getauft hatte. Er konnte in Brindisi, am Ende, fehlen, und wir wüssten nicht einmal, wann und wo es passiert wäre. Wären zu sehr beschäftigt mit Meer und Kompass. Auch Erinnerungen, Träumen nachhängen. Die Mutter würde plötzlich an Deck stehen und fragen: »Wo ist Ernest?«

»Wieso Ernest? Ich denke, er ist bei euch unten.«

Das Schiff war zwölf Meter lang und drei fünfzig breit. Nur ein niedriger Aufbau von vielleicht achtzig Zentimetern. Du hattest alles im Blick, wenn du am Ruder warst. Außer, du bist mal kurz abgetreten, nachts etwa, wenn du Schicht hattest.

Der Richter schnallte sich an. Er nahm einen Gurt, der von seinem Bauch zu einem Draht an der Reling führte und an dieser entlang nach vorne gezogen werden konnte. Er packte ein kleines Dreiecksegel unter den linken Arm und schleppte es mit nach vorne, stellte sich dort ganz an die Bootsspitze, dort, wo die Wellen auftrafen. Das Boot fing mit jeder Woge die krachende Gischt, gurgelnd, gluckernd. Mit einem Griff ließ er das Großsegel am Mast herunterrauschen.

Plötzlich spürte ich die Mutter neben mir. »Irgendwas stimmt mit Ernest nicht. Er reagiert nicht auf mich.«

Ich hielt die Pinne und fixierte den Blick in die Ferne, auf den Horizont. Und dann sah ich Rob, der mit geübten Griffen das Vorsegel hisste, ein winziges, schlank schlackerndes Ding.

»Ich komme nicht an ihn ran!« Ob ich etwas essen wollte, das bisschen Schaukeln würde mir doch wohl nichts ausmachen. Aber nein, ich wollte nichts essen.

Plötzlich, ganz nah an meinem Ohr: »Diese Frau ist nichts für ihn, diese Mimi. Liegt unten flach und zittert. Die macht ihn noch unglücklich, das Luder. Für Robbi eher, für Robbi wäre sie was, meinst du nicht?«

Ein Abendessen, meinte sie dann laut, könnte uns nicht schaden, bevor es richtig losgeht. Mimi sollte uns lieber ein Abendessen machen.

»Ernest«, sagte sie, »war schon heute Morgen so schweigsam. Finden Sie nicht?«

Duzen und Siezen, ging abwechselnd bei ihr. Ich war per Sie mit ihr. Ich hielt die Pinne und nickte. Sie rief nach vorne: »Weißt du noch, Robbi, dieser Sturm da unten in Messina vor drei Jahren?«

Robert, Richter am Bayerischen Verwaltungsgerichtshof, hatte eben das Dreiecksegel an den Mast gefummelt, hörte nichts, sah nichts, taumelte unter der Wucht einer Welle, rutschte. Ein Boxer, der in den Seilen hängt!

»Ernest ist viel zu anständig. Niemals würde er uns mit seinen Sorgen belasten.« Sie flüsterte es leise in mein Ohr hinein und verschwand wieder unter Deck. Ich war sicher, dass sie mit Mimi das Abendessen machen wollte. Es kam aber nichts.

In einer kurzen Pause, die Wellen brachen sich immer in Dreierfolgen, dann wieder Pause, in einer dieser immer kürzer werdenden Pausen hörte ich den Chirurgen unter Deck schnarchen. Sein Gaumen flatterte. Ich dachte an Brindisi, merkte aber, es war nicht gut, jetzt schon an Brindisi zu denken, es war zu weit weg. Besser, Roberts Handgriffen dort vorne zuzusehen, das Schnarchen des Skippers zu hören und den Kopf sofort einzuziehen, wenn die Welle sich brach und vorne links, backbord, wie sie sagen, auf das Schiff einschlug, sich festzuklammern am Ruder, nicht wegdenken, träumen, nicht sich wegspülen lassen. Wenn das ein Boxkampf war, konnte meine Deckung nicht besonders hart sein. Das Wasser im Boot stieg kurz höher und lief wieder ab. Ich schaute nach vorne zu dem Richter. Einmal rutschte er mit dem rechten Fuß kurz ab, fiel aber nicht. Lachte, drehte den Kopf zu mir und rückte seine Brille zurecht. War immer in Gefahr, seine Brille zu verlieren, Drahtgestell. War schwer kurzsichtig. Robert brauchte beide Hände, um das Segel festzumachen, er balancierte mit den Füßen von rechts nach links, ich schrie etwas wie »Achtung«. Er hatte es fast geschafft, das Dreiecksegel aufzuziehen.

Dann kam aber doch noch etwas Großes, Schmutzig-Grünes, ganz von vorn diesmal, hob uns brutal sanft hoch und dann wurde es kurz dunkel, etwas, das ihn umwarf, da ganz vorne. Wir fielen, alle zusammen, stürzten. Dann kamen wir wieder hoch. Er musste seitlich weggedreht sein, hing nur noch schlaff und nass an diesem Gurt außen am Schiffsrumpf, links, Gesicht meerwärts, seltsamer, flossenloser Fisch! Von dort rauschten die Wellen heran und er bekam eine nach der anderen über den Kopf. Wieder und wieder, unersättlich klatschte das Meer ihn ab, als wollte es ihm keine Chance geben. Ich hatte keine Ahnung, was mit ihm los war, keinen Blickkontakt, er rührte sich nicht. Kurs halten, dachte ich, egal, was passiert, du musst den Kurs halten, für alle an Bord. Vielleicht war er mit dem Kopf auf die Reling geprallt und dann hinübergestürzt, jedenfalls hing er da wie ein großes altes Meerestier, sah bleich aus, hatte die Brille verloren. Jetzt schnappte er nach Luft. Ich sah, dass er schnappte nach jedem Wellenschlag. Er war vollkommen beschäftigt mit dem Meer, dem Salz, dem Atemholen und dem ganzen Lebenwollen.

Nichts falsch machen jetzt, dachte ich, nur jetzt keinen Fehler. Nicht das Ruder loslassen und hinrennen und helfen wollen und dann selbst hineingestoßen oder gezogen zu werden und mit diesem elenden, nervösen Lebenwollen zu tun haben! Einfach nur das Richtige tun, das Ruhige, das Richtige denken. Nichts tun. Nur das Ruder halten und nach vorne schauen auf den Horizont, wie immer. Die 227 Grad halten oder ähnlich, wie der Skipper gesagt hatte, egal, was passierte. Höchstens mal rufen: »Geht's wieder, gut so, Robbi, halt dich fest, du schaffst es!« Das er nicht hören konnte. Etwas Lachen dann, Seebärenangelegenheit, das Ganze, er kannte das sicher schon, die Dutzende von Törns, die er schon in den Knochen hatte, im Kopf.

Ich könnte jetzt auch zu Hause sitzen, dachte ich, in meinem Büro, trocken, sicher und telefonieren, oder im Zug nach Bari. Aber es tat nicht gut, an Bari zu denken, ans Büro, an gestern, an morgen. Einfach nur ans Festhalten denken, fest bleiben am Ruder, Augen am Kompass, das tat gut. Auch an den Richter denken, der dort vorne hing und ihm zusehen, wie er seinen rechten Arm ausstreckte und versuchte, die Oberkante des Decks zu erreichen. Sich drehte, seinen nassen Bauch an die Bordwand presste und die zweite Hand dazunahm und von der nächsten Welle wieder weggerissen wurde, nach Luft japste, rutschte, spuckte, während ich rief, du schaffst es, Ernest, es war aber natürlich nicht Ernest, sondern Robert war es, du schaffst es, Robert!
Ein Käfer, dachte ich, ein großes schwerfälliges Insekt. Völlig ungeeignet für das Leben im Wasser. Er würde es niemals schaffen, dachte ich. War nicht sein Element, hatte keine Flossen, keine Saugnäpfe, war an diese Umwelt nur schlecht angepasst, die Spezies Mensch. Er glitt am Schiff ab, glitt wieder und wieder ab, kämpfte insektenartig heftig und bewundernswert hartnäckig, aber er bekam immer mehr Wasser zu schlucken und ganz, ganz langsam wurden seine Bewegungen schwerer, dicker, schwiegen ganz. Pausen, längere Pausen. Dann plötzlich ging es leicht. Eine Welle hob ihn zart von unten an und er rollte wie von selbst unter der Reling durch und an Bord, lag da und pumpte. Er war zurück im Törn! Er war wieder dabei! Nur die Brille fehlte und seine Augen schauten ratlos kurzsichtig und kindlich zu mir her.

Nach wenigen Minuten, vielleicht auch nach Stunden tänzelte und tapste er zu mir nach »achtern«, wie sie gern sagen, noch immer festgezurrt an Gurt und Reling, sagte etwas wie »knappe Sache«, beugte sich zu mir herunter, lächelte und wischte mir das schlierige Salz von der Brille.

»Schön, dass du sie noch hast«, und der nächste Brecher warf ihn auf mich, und seine eisigen Lippen küssten mich fischig auf die Wange, als käme er gerade aus dem Meer, ein eiskalter Säuger, von ganz tief unten. Dann hangelte er sich wieder an der Reling nach vorne und zog endlich das Dreieckssegel auf. Es knatterte und das Schiff zog los und schnitt in die Wellen, die sich leicht beruhigt hatten.

Später kam er wieder nach hinten, und wir saßen zusammen, so als gäbe es gleich Kaffee und Erdbeerkuchen mit Sahne und einer zöge Spielkarten heraus und sagte: »Piek ist Trumpf.« Das Meer rumorte abschiedsdunkel, drohend, aber nicht mehr so wild. Der Richter war sehr still dort hinten auf der Bank, auf derselben Seite wie ich, um dem Boot eine Neigung zu geben. Sie sollten, sagte er, immer mit dieser Neigung durchs Meer gehen, die Schiffe. Mimi tauchte kurz auf mit verklebten Augen, struppigem schwarzem Haar. Sie setzte sich hautnah zu Robert und legte den Arm um ihn. Er schaute geradeaus. Sie beugte sich zu ihm und küsste ihn seitlich auf den Hals. Sie sagte: »Salzig.« Er sagte: »Geh mal schön runter, es geht gleich noch mal richtig los. Glaube ich.« Sie lachte, küsste ihn auf den Mund und schlüpfte die Stufen hinunter in die Kabine, geschmeidig wie eine Eidechse, folgsam.

Robert saß ruhig da und schaute hinaus aufs Meer. Dann zu mir, als wollte er etwas sagen. Dann beugte er sich plötzlich weit über die Reling hinaus und entleerte sich, als wäre das so selbstverständlich wie Essen, nur Messer und Gabel fehlten. Kein Spritzer ging ins Boot. »Entschuldige«, sagte er. Die Mundwinkel mit einem nassen Stofftaschentusch abgetupft. Und dann fingen der Sturm und das Meer ihr Spiel noch mal richtig an, als hätten sie nur auf Roberts Zeichen gewartet, seinen Anstand, sein Taschentuch, um alles wütend in ein wüstes Chaos zu stürzen.

Ich dachte, morgen um diese Zeit sitze ich im Zug nach Bari, wenn das hier gut gegangen ist, wenn das hier jemals gut gegangen sein wird. Dieses Satzkonstrukt durchzuckte mich ständig, so was Blödes. Ich versuche, den Liegewagen ab Ancona zu buchen, muss den Schaffner schon kurz hinter Brindisi schmieren, das ist dort immer so, um den freien Liegewagen ab Bari zu bekommen, wenn alles gut gegangen ist, hier, oder wenigstens ab Ancona, aber es machte schwindlig, an Brindisi oder Ancona zu denken, es machte mutlos und lag Jahre entfernt.

Wir hatten noch die halbe Nacht auf dem Meer vor uns, an Schlaf war nicht zu denken, auch nicht an Essen oder sonst etwas außer Segeln. Sollen wir den Skipper raufholen? Ich glaubte, noch immer sein Schnarchen zu hören. Wieder brach sich das Wasser über meinem Kopf, aber es war schon etwas Gewohntes jetzt, und ich versuchte, den Kompass zu erkennen. Skipper holen oder nicht, 223 Südwest oder 221 hatte er gesagt, egal, holt mich, wenn es ernst wird. Wozu den Skipper holen, ich fragte Robert nach dem Chirurgen, aber der machte nur eine Geste mit dem Daumen zwischen Mittel- und Zeigefinger der geballten Hand, deutete auf die Kabine hinunter und rief »Mimi«. Er bewegte den Daumen auf und ab.

»Quatsch, bei dem Sturm.«

»Sicher«, sagte er, »das mag er doch dann, unser Chefchirurg, am liebsten.«

Immer musste irgendwie Sex vorkommen, sogar auf einem Schiff im Sturm. Einer ordentlichen Segeljacht. Wir lachten, wie wir immer bei so was lachten, brüllten uns das Lachen zu durch das schäumende, brodelnde Wasser. Es gab einen Moment des irren Glücks, als ich, ganz toller Supertyp, mich an die Männer in amerikanischen Western erinnerte und prustend unter den Wellen rauskam und dem Richter zurief oder beinahe zurief: »Gut gekotzt, Mann«, aber es fehlte dann doch an Whisky oder Pferden und Lagerfeuer. Tatsächlich sah ich, dass an seinem Ärmel links noch Reste von Lauch hingen, den er mittags gegessen hatte. Dann wurde alles endgültig schwarz, als ließe der Himmel eine Tür ins Schloss fallen, und wir waren allein.

Die See, würde ich sagen, ja, jetzt würde ich sagen, die See, nicht das Meer, die Adria. Aber ich schwieg. Sie war bleifarben und schwer und warf sich ständig und immer wieder auf unser

Boot, und ich kannte das schon aus Fernsehfilmen über die Nordsee. Wir holten den Skipper nicht herauf und nach zwei oder drei Stunden wussten wir, dass es nicht ernst werden würde. Nicht wirklich todernst jedenfalls, nicht so, dass man es im Corriere oder in der Stampa lesen würde, übermorgen. Wir waren durch. Die Wellen gingen sehr schnell runter, wurden flacher, einzelne Sterne glühten auf, und der Chirurg kam an Deck, fluchte sofort über das Dreiecksegel, zog das Großsegel auf und verschwand wieder. Das Schiff gehorchte geschmeidig, legte sich nickend in den Wind, und dann pflügte es und ritt los. So brav, wie man es erwarten konnte von einer ordentlichen Jacht. Es war weit nach Mitternacht, und der klare, alte Himmel der Phönizier mit seinen Tausenden von Lichtern dehnte sich über dem hellen, aufgebauschten Segel. Robert kroch in seine Koje unter Deck. Der Reißverschluss seines Schlafsacks sirrte. Ich spielte im Halbschlaf weiter »Segeln«, das Ruder halten, immer diese 241 Grad noch was, keine Ahnung, ich weiß es nicht mehr, Südwest auf Brindisi, bald musste man das Leuchtfeuer sehen.

Es war gut, allein an Deck zu sein, ohne Beschäftigung mit dem Sturm. Nur mit dem Atmen beschäftigt und mit den steinschweren Augen. Einatmen, ausatmen. Nichts mehr kontrollieren. Nichts mehr denken. Nur dass wir durch waren, dass hinter uns im Osten der Himmel rosa werden würde, zart, dann lila, und dass jetzt nichts mehr passieren konnte, kein Drama, keine Tragödie. Man konnte ein Zimmer suchen in Brindisi, sich hinlegen und dann am Morgen nach den Mädchen umdrehen in den südlichen Straßen oder gleich in den nächsten Zug einsteigen. Das alles wog leicht, sehr leicht. Endlich tauchte ein Leuchtturm auf aus dem Meer. Es musste Brindisi sein, nach unseren Berechnungen, nach meiner Steuerkunst. Es hätte mich sehr gewundert, wenn es Otranto gewesen wäre oder Bari, aber beim Segeln, dachte ich, ist es so: Du weißt nie. Du weißt nie wirklich, wann du losfahren musst, wie lange du brauchen wirst und wo genau du ankommst.

Die Mutter kam hoch, total aufgeräumt, gut gelaunt. Sie erzählte, dass sie ihren Sohn Ernest getauft hatte nach dem berühmten amerikanischen Schriftsteller, der nicht viel mit dem

Segeln am Hut hatte, aber trotzdem, das wollte sie mal gesagt haben, und dass er auch diesmal die Überfahrt großartig gemanagt hatte – also er, Ernest allein, dass er – toller Kerl – von Ulcinji ohne jede Rücksicht auf Wetter und Meer in See gestochen war – »wir hätten es sonst nie bis heute geschafft!« Ich gab ihr Recht, natürlich. Sie hatte bis eben geruht und ging wieder hinunter, um weiter zu schlafen.

Sie geben ihren Söhnen Namen und damit einen Auftrag für immer.

Es war noch zu dunkel, um Brindisi wirklich klar ausmachen zu können. Oder Bari. Wenn wir Brindisi sähen, sollten wir ihn holen, hatte Ernest gesagt. Das ganze Meer lag jetzt ruhig, spiegelblank und schien die lange Wunde zu verzeihen, die wir ihm eingeritzt hatten, die ganze Nacht hindurch, die Meeresgötter waren gnädig, hatten uns geprüft und duldeten jetzt doch unseren Törn.

»Wo ist Ernest?« Die Mutter stand plötzlich wieder da. Aufrecht und fordernd. Ich zuckte müde die Schultern. Wir, die Alte und ich, wir hatten die Nacht offenbar sehr unterschiedlich verbracht. Mich interessierte nicht, wo der Skipper war. Irgendwo musste er wohl sein.

»Mimi ist schlecht. Speiübel, sagt sie. Jetzt, wo alles vorbei ist, muss ihr schlecht sein. Typisch Mimi. Aber Robbi, sag doch mal, wo ist Ernest?«

Diese Frage war noch zu klären. Der Skipper war weg. Wir durchsuchten das Boot, jeden Winkel. Tatsächlich fehlte das Schlauchboot. Und der Skipper war weg. Mimi heulte. Aber keiner wusste, wie lange das Boot schon fehlte. Ob wir es überhaupt bei der Abfahrt noch hatten. Die Silhouette von Brindisi tauchte auf, ich hielt es jedenfalls für Brindisi, ganz pastellweich. »Wenn im Sturm ein Mann über Bord geht«, hatte noch gestern früh Robert aus einem bekannten Segelbuch zitiert, »und Sie ihn nicht in den ersten zehn Sekunden zu fassen kriegen, vergessen Sie ihn. Ziehen Sie weiter. Sie müssen Ihr Boot retten, die Mannschaft. Sie holen ihn nie mehr zurück, bei Sturm.«

»Auf diesem Schiff«, meinte der Richter, »kann doch verdammt noch mal niemand verloren gehen.« Brindisi. Wir waren angekommen.

(Wenn ich später, sagen wir nach fünf oder sechs Jahren an diesen Segeltörn zurückdachte, war der Sturm völlig unwirklich, das ganze Schiff eine pure Erfindung, Seemannsgarn, und es schien mir, als hätten wir nie einen Skipper gehabt, aber das konnte ja überhaupt nicht stimmen. Ganz abgesehen davon, dass wir beim Landgang merkten, dass wir in Otranto gelandet waren, und dass wir alle von dem Chirurgen nie mehr etwas gehört haben – Tatsache!)

Kongo erster Klasse

Arbeitslos, seit sechs Monaten arbeitslos. Aus Übermut selbst gekündigt bei Berenson und Partner, weil Rossi Geld versprochen hatte. Endlich richtig Geld, nicht nur Lebensunterhalt! Rossi war der Zweitgrößte in der Stadt, der Prominenteste und der Typ ekliger Rechtsanwalt, den die Richter fürchten, weil er in letzter Sekunde dreiseitige Beweisanträge zu Protokoll gab, scharfzüngig und ein Arbeitstier Tag um Tag und nachts.

Leo war Rossi auf den Leim gegangen, dem alten Fuchs. Jetzt hing er allein auf der Couch und sah sich diese Anwaltsserien an, in denen die »Kollegen« vor Erfolg platzten und nie ein Wort übers Honorar verloren, obwohl es ihnen nur um eines ging, in dieser schönen, teuren Stadt, aber lassen wir das, sagte er sich, immer wieder, lassen wir das. Rossi hatte ihm zehn Mille Fixum im Monat versprochen, plus Beteiligung, das wären hundertfünfzig im Jahr, locker. Damit konnte Leo seine Schulden abtragen und Amalia finanzieren, die zierliche, brünette Amalia, die nichts taugte, was das Geld betraf.

Seit er arbeitslos war, stockte ihre Liebe, steckten sie fest. Kamen nicht mehr so recht in Fluss, wie Leo erklärte, weil er jetzt in Liebesdingen alles sehr ausführlich erklären wollte. Konnte sie nicht mehr ausführen in die saftigen Verdi-Inszenierungen des Nationaltheaters, oder Bellini, zu den Pastaleckereien und den mürrischen italienischen Kellnern drüben am Schlosskanal oder oben am Hochufer der Isar. Die Zutaten fehlten zum Leben, und während er früher dachte, dass es nur um die Substanz ging, wusste er jetzt, dass es die Zutaten waren, die dieses Leben, aber lassen wir das, sagte er sich. Gerade Zutaten bot diese Stadt im nördlichen Alpenvorland in Fülle, gerade auf Zutaten war sie spezialisiert, auf Beilagen! Und wenn du Amalia die Beilagen nicht mehr bieten kannst, nützt dir die ganze Substanz nichts. Wenn sie abends wegbleibt. Oder nachmittags. Jetzt erst merkte er, dass sie nachmittags kein Alibi hatte, nachmittags unauffindbar war, und dass die Arbeitslosigkeit nicht nur ein Geld-, sondern vor allem ein Nachmittagsproblem war.

Am liebsten hätte er dreiseitige Beweisanträge gestellt gegen Amalia, vage begründet allerdings, nur sehr vage. Und es gab keinen, der sie lesen wollte.

Aus der Mitte des Stroms hinausgetrieben an den Rand, dümpelten sie im Schlick. Geld wenigstens hatte noch Energie hineingepumpt in jener entscheidenden Phase ihrer Liebe, als sie kämpften. Noch stritten, weil der Kaffee zu kalt, das Steak zu hart oder das Badewasser zu heiß war. Jetzt aber war alle Lust verbraucht.

So sammelte er vor dem Fernseher liegend Argumente gegen Amalia und gegen das wirkliche Leben und sprang von Serie zu Serie. Nur zappend waren sie überhaupt zu ertragen. Vielleicht ist das ja ein Naturgesetz, dachte Leo und setzte sich steil auf, vielleicht ist das ja, sagen wir mal, mit Frauen ganz ähnlich. Er könnte mal wieder Luisa anzappen! Eine Spanierin und Ex-Frau seines Ex-Chefs, mit der auch er vor einigen Jahren mal kurz. Neun Uhr abends, Amalia war ausgegangen, zu ihrer Mutter, wie sie log. Natürlich log sie! Gerade griff Leo nach dem Hörer, wählte die ersten drei Nummern von Luisa, als er das scharfe Geräusch dieser Hacken hörte. Draußen auf dem endlos langen Marmorflur knallten Amalias Absätze durch das sechsstöckige Haus. Warum nur liebten Frauen diese harten Absätze, was hatten sie zu bedeuten, was verbargen, ersetzten, was verrieten sie?

Plötzlich stand ein Kerl im Wohnzimmer, den Leo noch nie gesehen hatte – oder doch? Diese hängenden, bartstoppeligen Wangen, das brutale, wulstige Kinn und das fettige, fast schulterlange Haar – hatte er dieses schmierige Monster nicht vor einigen Jahren in einer aussichtslosen Strafsache verteidigt? Kam er, um sich zu rächen, wollte er das Honorar zurück? Und warum lauerte Amalia in seinem Schatten, Amalia, die unter seinem Arm durchschaute, als wäre sie ein kleines Mädchen und als würde sie ihn, Leo, als Eindringling betrachten.

Er grunzte, »so, das reicht getze, mein lieber Leo, genug gezappt«, ging auf ihn zu, packte ihn an beiden Handgelenken, drehte sich tänzelnd schnell und weich um die eigene Achse und lud sich den Anwalt auf den Rücken, wie einen Kartoffelsack. Leo versuchte, auf einen anderen Sender zu gehen, um diesen lächerlichen Film loszuwerden, und als das nicht klappte, schrie er: »Kleinert! Sind Sie nicht Wilfried Kleinert?«

Wie hätte Rossi reagiert, hätte er den Fehler begangen, den Fremden ins Ohr zu beißen, das in Zungenweite rötlich glühte, getreten, gekämpft, gehackt, was zum sicheren Verlust von Nase, Zähnen und/oder Bewusstsein führen musste? Oder hätte er ihn einfach umgelegt, mit seiner 6.35er oder wie diese Dinger hießen, ihn umgenietet, wie sie sagten, weil Rossi selbstverständlich schon »seit neun Jahren kein Buch mehr gelesen« hatte, keinen der wichtigen Romane dieser ersten Dekade des neuen Jahrhunderts, dafür aber diese Pistole trug im Jackett, vom Polizeipräsidenten persönlich überreicht, zusammen mit dem Waffenschein für eine kleine Aufmerksamkeit, ein paar Festspielkarten im Nationaltheater oder so. Er kannte eben die Währung dieser Stadt, mal ein kleiner Flug nach Mallorca, mal zwei Kärtchen für die »Kleine Komödie« – du musst die jeweilige Währung kennen, Leo, hatte Rossi einmal zu ihm, gut gelaunt wie immer, gesagt, die Währung dieser Stadt.

Dennoch hätte er niemals geschossen, sein Ex-Chef. Hatte der gar nicht nötig. Es war wie im Tennis. Nicht der letzte Fehlschlag war schuld, sondern der Vor- oder Drittletzte – schon der Aufschlag von Leo kam zu kurz ins Feld. Und dass er Luisa kannte, von früher, die Ex seines Chefs, das war auch nicht gerade ein Trumpf. Rossi hätte mit Amalia längst Schluss gemacht.

Natürlich war es Kleinert, der Zuhälter, ein ehemaliger Profi im Halbschwer, Mittelmaß allenfalls, jeder drittklassige Boxer aus Cuba hätte den auf die Planken gelegt, ach ja, Cuba und Amalia! Aber man sollte nicht vom Urlaub auf der sozialistischen Zuckerinsel träumen, während man aus der eigenen, vor Kurzem gekündigten Wohnung hinausgetragen wird, die Nase vergraben in das verschwitzte Hemd eines fremden Triumphes. Leo stellte fest, dass sein Peiniger im linken Ohrläppchen eine blitzende Perle trug, und wunderte sich halbblau, dass es immer zehn Jahre dauerte, bis der Habitus des Bürgertums in der Unterwelt ankam.

»Bloß kein' Stress getze, Leo, hörst du, von wegen Unterwelt, vertrage keinerlei Stress im Magen, nach acht Uhr abends!« Er rülpste und Leo inhalierte kurz die halb verdaute Fleischabteilung seines Gegners.

Halbwelt, hätte ich besser sagen sollen, dachte Leo jetzt, Unterwelt war eigentlich zu viel der Achtung für dieses Wrack. Nie den falschen Terminus benutzen im Diskurs, sonst reagiert die Mitwelt sofort allergisch – du musst noch lernen, mein Lieber, selbst mit Ende dreißig – auch das wäre Rossi niemals passiert.

Kleinert warf ihn draußen auf das Dach des alten roten Daimler, der dem Lebensmittelhändler von nebenan gehörte, und gab ihm einen kräftigen Schlag auf den Hinterkopf mit in die milde Sommernacht. Alles schwarz, versank.

Rossi hatte sein Versprechen nicht so ernst gemeint, damals. Nach knapp neun Monaten fläzte er sich in den mattgelben Besuchersessel von Leos Bürozimmer und flüsterte mit fast zärtlicher Stimme: »Leochen, es ist vorbei, gell. Wir brauchen dich nicht mehr, sorry, die Krise, du verstehst, jetzt sind andere Typen als du gefragt, Typen mit Biss und Fortune. Hier hast du was für die erste Zeit.«

Er warf ein Bündel Hunderter auf Leos Tisch, fuhr sich mit der Linken nervös durch die gegelte Karajanmähne und verließ rückwärts und mit langsam tastenden Schritten den Raum. Natürlich hatte Leo null Anspruch auf Abfindung, sie waren ja ein Kleinbetrieb, aber Rossi pflegte solche Dinge »leise« zu erledigen, wie er sagte, ohne Gerede. Die Zeiten waren so schlecht, dass Rossi glänzend verdiente. Wenn in den Firmen Kündigungswellen rollten, konnten Anwälte ordentlich Sahne schlagen. Er ließ den Schreibtisch nicht aus den Augen, als fürchtete er, sein Gegenüber hätte auch eine Browning oder Walther in der Schublade, wie er, und würde – aber vielleicht hielt er ihn auch für ein Raubtier, das er unterschätzt hatte und dem man unter keinen Umständen den Rücken –

Jetzt, vor dem Haus, das so friedlich lag und so teuer nahe am Englischen Garten, so voll falscher Natur, begann es zu regnen, mild, sanft, sommerlich. Langsam kam ich zu mir. So langsam, wie die großen, satten Tropfen auf das rote Blechdach platzten. Die Nacht duftete nach letztem Flieder und frühem Jasmin, der Winter war endlich gebrochen und vergessen, als hätte es ihn nie gegeben. Es war so eine Nacht, durch die du streichst und nach den Regentropfen greifst, die Arme ausbreitest und einfach lachen musst – ich schrie »Amalia«. Ich krallte mich in die schwere hölzerne Haustür, trat ins Holz hinein und brüllte. Aber der Koffer, ich hatte ihn erst völlig übersehen, wartete schon draußen, direkt neben den Mülltonnen. Es war ein heller Samsonite für kürzere Reisen, ich hatte ihn Amalia geschenkt. Sie musste ihn hingestellt haben. Für mich. Ich klappte ihn auf. Ein bisschen Geld war darin, die Scheckkarte in einem Hausschuh, ein paar Schecks von alten Mandanten, alle ungedeckt, und Kleiderkram. Amalia war ja nicht gierig, verbiestert – sie wollte mir nicht das Letzte nehmen. Ich hatte ihr nichts getan, und wahrscheinlich war das der Fehler. Sie wollte einfach nur leben, richtig gut leben. Dieses Münchner Umfeld! Ich verstand das. Im Prinzip, politisch gesehen. Die Klingel hatten sie abgestellt, die Rollos geschlossen. Ein echter Coup also, präzise geplant. Hochachtung, ich würgte die gelbe Regenjacke aus dem Koffer.

Der Sommerregen sprühte inzwischen. Sprühte, wie er früher nie gesprüht hatte, richtig dünn und durstig nach krustiger Erde. Ich verstand auch den Regen. Ich ging ein paar Schritte zwischen den tropfenden Gartenhecken und den glitzernden Allradvans und Großlimousinen entlang und merkte, wie sich die ganze Stadt in eine Spülmaschine verwandelte. Irgendetwas musste über mir rotieren, schneller und schneller, mit voller Absicht, oder wie meine Kollegen sagen, dolus directus, ein beinahe süßes Relikt aus glücklichen Zeiten, und immer wieder verpasste mir der Spülarm seine volle Ladung.

Diese ganzen letzten Monate über, schien mir jetzt, sollte alles nur auf diese eine Bewegung zulaufen, auf die endlosen Drehungen des Spülarms über mir. Diese Wirklichkeit war derart platt, sie war ein eckiges, nach nichts schmeckende Weißbrot. Ich war in diese fade Sendung hineingeraten, in diesen Sprühregen vor dem Haus, und ich musste irgendwas dagegensetzen, um mein Drehbuch zurückzugewinnen, es musste etwas Einfaches sein, Starkes. Egal, ob kitschig oder nicht. Vielleicht, dachte ich dann, braucht man nicht mehr als einen Koffer, ein Handy und eine Scheckkarte mit den letzten Ersparnissen, die einem das Arbeitsamt lässt. Das Taxi kam, wendete und fuhr mich zum Hauptbahnhof.

Ein glänzender, fein lackierter, schneller Zug, man hörte die Räder nicht rattern, hörte nur ein einziges lang gezogenes Rauschen, ein Zug also, der die Details seiner Leiden verschweigt.

Es ging, natürlich, in den Süden. Von hier aus, von dieser Stadt aus fährst du immer in den Süden.

Erster Klasse, den Schlafwagen nehmen, alles auf eine Karte, mittags Ankunft in Roma Termini, warum nicht. Eine Nacht- und Reiseaktion dagegensetzen, hatte ich gedacht, und Luisa mitnehmen. Alle überholen, die Freunde mit der Schadenfreu- de, die Anwälte und Zuhälter und falschen Frauen. Sie alle im fünften Satz schlagen, nachdem du schon mit null zu zwei Sät- zen und zwei zu vier Spielen zurücklagst, wie damals Becker gegen Rostagno. Ein Sonnenbad auf der Piazza, zu zweit, und dann später Palermo oder Casablanca. Oder den Kongo. Warum nicht in den Kongo erster Klasse? Wenn sich alles nur immer um die Glückssuche drehte – vielleicht fand sich mein Glück im Kongo, vielleicht war es hier einfach noch nicht auf dem Markt und dort schon lange? Vielleicht arbeiteten sie auch hier schon daran, und wenn ich zurückkäme, wäre es fertig, marktreif, voll entwickelt, und ich bräuchte nur noch zuzugreifen.

»Wörgl, alles Wörgl«, kreischte die Frauenstimme im Schlafwa- genbett über mir, als wir kurz hinter Wörgl waren. Draußen huschten gerade in den matt erleuchteten Wohnungen alle die- se schlafenden kleinen Kinder in ihren Kinderbetten in ihren Tiroler Puppenstädten vorbei. Luisa gurgelte schon die dritte Dose Billigbier hinunter. Ich hatte sie schnell zu dieser Reise überredet, denn sie hatte immer Geld und Zeit, und ihr Freund war ständig auf Achse. Ein brillanter Anwalt, übrigens, auch er, wie sein Vorgänger, habe ich wohl schon erwähnt, allerdings moderner Haarschnitt, kahl geschoren.
    Die Abteiltür sprang auf, und ich dachte: Jetzt kommt er, mit seinem Eierkopf und dem scharfen Mund, grinsend. Aber nichts. Nur der Schaffner. Luisa hatte die Fahrkarten, ließ sie von oben heruntergleiten. Sie hatte das kleine Hotel am Brun- nen gebucht, »Fontana di Trevi«, dreihundertfünfzig Euro pro Nacht und diesen Zug, erster Klasse. Sie liebte es, das Advoka- tengeld ihres Freundes in der Welt zu verteilen. Sie hielt es für schnell und leicht verdient und ich hatte keinen Grund, diesem Irrtum zu widersprechen.

Ihr mobiles Telefon zwitscherte heiser. Die Torero-Melodie aus »Carmen«, Luisa riss es an sich, als wollte sie es verschlingen, brüllte hinein. Der Anrufer war wohl schwer zu verstehen. Luisa, sagte ich leise, sie schnarrte und machte große Gesten mit der linken Hand, spanisch. Sie nannte ihr Gegenüber nicht mit Namen, sie hatte nicht diese Angewohnheit, den Namen des anderen zu wiederholen wie in schlechten Filmen. Sie lachte und lallte, kicherte, und sah nicht, dass ich ging, nicht mal mit einem Seitenblick. Die zweite Dose für mich und diesmal knackte sie endlich wie im Radio, als wenn du in einen Apfel beißt, und sie machen Werbung für die dritten Zähne oder so.

Wahrscheinlich würde der Anwalt, ihr Freund, es machen wie in diesem alten Streifen von Claude Lelouch, in seinem roten Cherokee-Porsche an uns vorbeiziehen und in Rom bei der Ankunft schon gelangweilt lächelnd auf dem Bahnsteig stehen, Blumen und so, und Luisa ihm in die Arme fliegen und mich hätte sie einfach weggezappt. Nur dass es damals Liebe war und ein Ford-Mustang-Cabriolet, gesponsert von Ford of America, dachte ich, der ganze Film, Hochglanzprospekt mit Seidenlächeln und Sambamusik, und man würde ja sehen, wer diesen Streifen hier sponserte.

Die nächste Station. Ich verstand »Lenbach« oder so ähnlich, trostloser Realismus, ein braunschwarzes Tiroler Nest, kein Mensch, zwei Lampen, die Gleise glänzten, und kein Cherokee, kein Ärger. Genau richtig. Alles passte. Wasser tropfte mir eisig in den Kragen. Noch lange Zeit, nachdem der Zug abgefahren war, stand ich auf dem verschlafenen Bahnsteig inmitten der Nacht, mit der halb leeren Dose in der Hand, mit dem Koffer in der anderen. Der Regen war sehr viel stärker geworden, ein »ergiebiger Dauerregen«, wie sie in den Nachrichten von Bayern 5 damals immer sagten, und ich konnte ihn nicht ohne Weiteres abschalten.

Toscana-Fantasie

Wir fuhren, sie und ich, im offenen Wagen hinauf in die Berge. Keine Berührung und kaum Worte. Alles sehr entspannt, Gummibärchen im Handschuhfach, ihr wehendes Haar, das Klavierkonzert im Rekorder, Sie wissen schon, das eine von Mozart mit dem bekannten, langsamen Teil – soll ich es vorsummen? Ich habe es für solche Fahrten immer dabei, und dann dieses flache, gefährlich leichte Gefährt, das mühelos höher und höher schnurrte, die Serpentinen hinauf, vorbei an Weidezäunen, verfallenen Scheunen, Felsbrocken, in deren Schatten noch der Schnee nistete.

Wir kannten uns noch nicht besonders lange. Ich hatte sie unten aufgelesen, kurz hinter Bologna, vor einer halben Stunde erst, eine Tramperin. Aber außer ein paar Brocken Englisch war nichts aus ihr herauszulocken. Von Anfang an funkte es zwischen uns, dachte ich jedenfalls. Diese melancholischen, grünen Augen, die meinen Puls anklickten und ihn rasen ließen, das volle rotblonde Haar, und auch unterm Pullover, diese Anlagen. Sie wollte in die Nähe von Florenz, angeblich. Nach zehn Kilometern ging ich von der Autobahn runter und steuerte das Haus in Bencipesi an, hinter den Bergen. Sie hatte nichts dagegen, offensichtlich, sie sagte nichts.

Rechts und links waren nur magere Blumenstummel, verzottelte, bemooste Baumstümpfe der alte Winter lag noch in der Luft. Ende März, die Sonne glitt schon hinter die Bergspitzen, als sich, nennen wir sie Maria, in voller Fahrt über mich beugte, über meinen Mund, absurd dachte ich, absurd, das kann sie doch nicht machen. Ich geriet kurz auf den Schotter am Rand der Straße, und als ich den Wagen wieder auf Asphalt hatte, war ich verloren. Sie arbeitete mit ihrem Mund an meinen Lippen, bohrte ihre Zunge zwischen meine Zähne und alle diese Dinge, Sie werden das ja kennen, persönlich, wenn ich so sagen darf. Alte Geschichten kochten in mir hoch – erzwungene Mutterküsse, Widerwillen, Verzückung, Liebesfilme, Hass, aber sie ließ nicht ab, ging weiter nach unten, sodass ich das Auto wieder besser steuern konnte, und machte da weiter. Langsam bahnte sich, erst dunkel, dann klarer, fordernd von Weitem, dann näherkommend etwas wie ein Gefühl in mir an, wie Liebe, ich sage mal Liebe, versuchsweise, ja, so in etwa, das musste, das konnte es sein.

Das Adagio und diese berühmte Abendstimmung in den Bergen und was Maria mit meinem, nennen wir ihn vorläufig einfach Jesus, anstellte, ließ mich schnell vergessen, wohin wir fuhren, wo es lang ging. Das Fahren wurde zum Tanz. Tantrisch denken, sagte ich mir, alle Lebensenergie sammeln und umsetzen in Bewusstheit, tief atmen, ins Becken atmen, das ist es doch, was wir alle wollen, das ist es doch, wo es langgeht!

Tantra – offen gestanden, ich fuhr nicht in mein eigenes Haus. Wie fast jeder damals, der allein in den Hügeln der Toscana herumirrte, wollte ich meinen Urlaub in einer Therapiegruppe verbringen. Sieben Tage »Tantra für Paare« – »Wir werden sieben Tage tanzen, lachen und loslassen, und durch spezielle Meditationstechniken Raum für neue Energien in dir schaffen!«, lockte es auf purpurfarbenem Papier in meiner Reisetasche. Nur dass ich meine Partnerin verloren hatte – abgesprungen im letzten Moment – einfach Pech.

Maria war noch immer über mir. Wolkenmonster trieben in den Talkessel, der Wind stülpte meinen Kragen nach vorne. Jeden Moment musste die Passhöhe erreicht sein. Nur nicht anhalten jetzt, nur nicht das Verdeck schließen, keine falsche Bewegung! Ein Cabriolet muss sich offen höher schrauben gegen Wind und Himmel, als wolltest du die Schwalben greifen. Und Tantra lief weiter. Unser ganz privates Therapieprojekt. Ich sollte sie abwehren jetzt, ich durfte mich, ich musste. Männlichsein! Initiative! Vor allem: etwas wollen, jetzt, einen Funken Willen zeigen! Aber war es nicht Sünde, eine Frau abzuwehren, Moses, Gesetz, Berg Sinai, Jesus, Magdalena und so fort? Vielleicht übte sie ja nur, sicher war auch sie in einer Gruppe und hatte eine therapeutische Aufgabe übernommen, etwa »küsse einen Mann, den du nicht kennst« oder »definiere eine Situation« oder »bestimme den anderen, bevor er dich bestimmt«. War alles nur Spiel, nur Fake? Grobkörniges Misstrauen flackerte am Rande meines nahezu ausgeknipsten Hirns.

Die ersten Regentropfen prickelten auf die Stirn, leicht schwebten wir über dem ganzen Arrangement von Gipfeln, Abgründen und Bergwülsten, unter uns zweihundertfünfzig PS und in der Ferne diese aufgetürmten, zusammengeschobenen Felsmassen all der Jahre, Jahrmillionen vor uns.

Dann sind wir oben. Heilige Stille. Der Wind setzt aus. Ich halte an, und jetzt fallen ganz langsam die ersten Schneeflocken auf das kleine, entblößte Haupt meiner Eitelkeit in Marias Händen. Der Rekorder schweigt, der Schnee fällt dichter aufs rote Leder – ein wenig abgeschabt, zugegeben, aber charmant, fand ich. Lautlos gefrieren wir zu einer eisigen, andächtigen Skulptur. Pietà oder so was. Das Wasser sickert unter den Hemdkragen. Ich könnte sie mitnehmen in diese Gruppe, Maria, wir würden sieben irrsinnige Tage zusammen haben, Tanzen. Loslassen, Energieströme, Bewusstheit – Tantra eben, für Paare. Ich hätte mein Cabrio darauf wetten können, dass diese Tramperin mir keinen Wunsch ausschlagen würde, mein Hirn war jetzt völlig auf »off« geschaltet, klar nur, dass wir uns »Energieräume schaffen« würden, ungeahnte.

Dann musste ich raus, das Verdeck schließen. Selbst ein Cabrioholic muss irgendwann mal zumachen. Auch wenn es jedes Mal ein schrecklicher Moment ist, eine Niederlage. Hätte ich geahnt, was noch kommen sollte, ich wäre offen weitergefahren, offen »bis zu den Knien im Wasser«, wie meine Cabrio-Club-Freunde immer sagen.

Mein Flitzer war ja ehrlich gesagt schon ein etwas älteres Modell, mit grauen Schläfen sozusagen, wie sein Besitzer. Das Verdeck, zum Beispiel, es ließ sich nicht durch Knopfdruck schließen. Man musste erst von außen rechts und von außen links je einen Zapfen aus einem Ring herausziehen, mit einem Hebel den Verschluss entriegeln und dann das schwere Stoffdach nach vorne wuchten. Meine leichten Sommerschuhe, mit denen ich zu Hause losgefahren war, versanken im Schnee. Dichtes Treiben. Von den Bergen war nichts mehr zu sehen. Während ich mich rechts hinten vor Kälte fast tiefgefroren über den Wagen beugte und versuchte, den ersten Zapfen heraus zu bekommen, sprang vorne plötzlich der Motor an. Also, Maria saß hinterm Lenker. Sonor schnurrte es unter der Motorhaube.

»Maria«, sagte ich ganz, ganz ruhig, ganz, ganz zart, »Maria, what are you doing?«

»Ich heiße nicht Maria«, warf sie mir zu, mit leicht schwäbischem Tonfall, lachte, legte den ersten Gang ein und gab Gas.

»Hey, wait, stopp, Maria, warte!«

Alles Unsinn, vergeblich, alles zu spät.

Sie schoss auf den Abgrund zu. Der Wagen schlitterte mit seinen Sommerreifen über den Schnee, drehte sich etwas, drohte abzustürzen, Maria, das Luder, die Sünderin im nächsten Moment mit sich hinabzureißen, ewige Gerechtigkeit, Abgrund.

Aber natürlich, sie bekam ihn in den Griff, raste vorbei an Felsen und Sträuchern, zog ihn lässig zurück auf die Straße, winkte noch mal und verschwand hinter der Wand der immer dichter werdenden Flocken. Ich sah sie noch einmal ganz kurz, Zwanzig, dreißig Meter weiter unten, ahnte ihr Gesicht hinter der ersten Serpentine. Ihr Haar flog triumphierend im Fahrtwind, und sie fuhr wie der Teufel, sie konnte das. Ich tastete mich weiter. Schritt für Schritt suchte ich den Asphalt unter dem Schnee. Die Reifenspuren waren schnell verweht. Hohe Verlustquote, dachte ich, Auto, Gepäck und Frau und fingerte in der Brusttasche nach meiner Geldbörse. Sie war, wie soll ich sagen, vorhanden!

Immerhin, die Frau, also Maria traf ich noch einmal. Zwei Tage später, in der Tantra-Gruppe. Nach sieben Stunden Tanz, wir waren alle nackt und außer Atem, kam sie in der Teepause zu mir, säuselte.

»Hi, ich bin Samantha! War nett von dir, mich mitzunehmen, neulich. Ich war ziemlich in Trouble.«

»Wo ist er?«, keuchte ich und packte sie am Oberarm.

»Loslassen« zirpste sie.

»Wo hast du meinen Wagen?«

»Loslassen, erstens, und zweitens, alles hat seinen Preis!«

Ja, wie gesagt, waren ein paar ganz irre Tage da unten, damals, in der Toscana, im Zeichen der Liebe. Man bezahlt. Man rechnet nicht.

Netzlos

Nach dem Insekt schlagen an der Wand im Lichtkegel mit diesem Taschenbuch, in dem er eben gerade noch gelesen hatte, Proust, darauf war er nicht gefasst, nachts, es mochte drei sein oder zwei-dreißig, im Hotelzimmer, auf diesen Peitschenknall, du weckst die Leute und das Insekt ist weg.

Noch immer hatte er kein Netz, war schon ohne Netz eingeschlafen gegen Mitternacht, und jetzt nahm er das schwarze, penisgroße Plastikteil in die Hand und drückte irgendeinen Knopf und das Display zeigte: kein Netz, noch immer nicht, das war alles, sonst nichts weiter. Er konnte von hier aus, wo er jetzt war, nicht dort anrufen, bei ihr, und das Insekt war weg.

Hat immerhin Flügel, ist uns allen weit überlegen, eine zarte Hohlraumkonstruktion, kein Herz, vermutlich, was weiß man schon – weiß man denn etwas? Nichts weißt du, Narr. Kein aufwendiger Verdauungstrakt, null Hirn und glücklich, wenigstens da war er sich sicher, absolut glücklich im Flug, in den Lüften, schwebend, kreisend, sirrend, das sah man sofort! Glück, jawohl! Kein Fleck. Nur mit einem kräftigen schwarzen oder noch kräftigeren roten Fleck an dieser weißen Wand, an der es schon so unzählige Flecken gab, wäre die Jagd beendet, und das Glück. So aber hat es sich in den neuen Tag gerettet, das Insekt, umweltangepasst, glücklich und überlebensfähig – anders als er selbst, ganz anders.

An der Wand gegenüber ein gelbliches Waschbecken, das er als Pissoir benutzte und darüber ein seltsam eleganter, ovaler, breiter Spiegel mit barockem Goldrahmen, an die Wand genagelt, nichts passte zusammen in diesem Nest, in dem er gelandet war, in diesem Hotel mit dem französischen Bett, das, unablässig schaukelnd wie ein Perpetuum mobile, die Energieformeln ignorierte und mit den gut zwei Dutzend erschlagenen Mücken an den Wänden am Ende der Welt, er schlurfte immer wieder vor den Spiegel, zog sein rechtes Augenlid herunter, alles gelb-braun, hörte er sich sagen, alles zerfressen, sofort untersuchen, Ärzte, bloß nicht hier! Leber, Darm oder Pankreas, alles hochempfindliche Geräte, nicht für das große, das dauerhafte Überleben programmiert, die Prostata, begrenzte Lebensdauer, keine Garantie, keine Rückgabe. Macht nichts, er schlurfte zum Bett zurück, ihr kommt durch. Du und Nina, ihr kommt locker ohne mich durch, ihr habt das doppelte X-Chromosom, ihr seid haltbarer! Ihr habt die Garantie, irgendeine Garantie vom Produzenten, gebt es endlich zu, ihr wisst es doch, ganz im Geheimen verbergt ihr Frauen dieses Wissen um das lange Leben, wo bleibt das Netz.

Natalia, sagt die Frau neben ihm. Wer weiß, wo sie plötzlich herkommt. Sie sitzt auf seinem Bett und fängt an, sein linkes Ohr zu küssen, deine Kleine heißt Natalia, stimmt's?

Die Frau zieht stärker an seinem Ohr, mit ihren grellen dunkelroten Lippen, die ihn an die roten Flecken der erschlagenen Insekten erinnern, an der Wand.

Das bringt jetzt auch nichts mehr, dass du mir das Ohr weich kaust, jetzt tust du das, wo es nichts mehr bedeutet – gestern hätte es, hättest du, gestern, bevor ich losfuhr, hätte es noch alles bedeutet,

Es muss nichts bedeuten, komm schon, sagt die Frau, und außerdem, wo warst du gestern, tut so, als wäre alles in Ordnung, als wäre alles wie immer, als wäre er nicht losgefahren gestern Nacht, durchgefahren Richtung Süden, tausend Kilometer Richtung Westen, bis an den Rand dieser Berge, dieser verwahrlosten heißen Bergkette.

Gestern, war er gewohnt zu denken, gestern wäre es gut gewesen, das dachte er immer wieder und tastete mit der Hand nach ihr, nach ihrem Bein, aber heute, hier, nach dem Bein über ihrem Knie, in diesem lausigen Hotel am Ende der Welt, nein. Oder lass es gestern sein, Luisa, sollten sie »gestern« spielen, wir haben so oft »gestern« gespielt, das ist es auch nicht mehr, das meiste, das er dachte, waren Wiederholungen. Wie geht das Gesternspiel, sagt die Frau. Das meiste, das wir denken, so dachte er, denken wir wieder und wieder. Du tust so, als wäre nichts gewesen, ganz einfach, du spielst den Moment vor der Verletzung – und ab. Gestern. Sein Repertoire ist das eines Wurms. Einmal eingenäht in sein Hirngewebe, ist es immer wieder dasselbe Patchwork, nur ganz, ganz selten, so denkt er jetzt, wieder vor dem Spiegel allein, ein neuer Flicken, ein winziger neuer Mosaikstein, den er noch nicht kennt, nicht bemerkt hat, ein Puzzlestück, das nicht hineinpasst, einmal im Jahr, während andere sich auf die Waage stellen, zehn Mal am Tag auf die Waage im Bad und dann kotzen und sich danach wieder auf die Waage stellen, geht er vor den Spiegel und stellt sich vor, seine Gedanken zu wiegen.

Du und Natalia, unser Kind, okay, lass sie Natalia heißen, ihr kommt klar, ohne mich sogar exzellent klar, ohne mich ist alles super für euch zwei, alles super, alles super.

Manchmal, während oder nach der dritten Wiederholung, während er dem Klang der Worte nachlauschte, wurden Dinge zu einer Melodie. Dann war er gerettet. Jetzt hörte er die Stechmücke hinter seinem Kopf. Sie war doch noch einmal aus der Deckung gekommen, war doch nicht schlau genug, angepasst, lernfähig, er dreht sich ruckartig um und schlägt auf das Schwarze an der Wand, ihren Schatten, hört sie irre lachend wegschwirren, Mozart, Mozart liebte auch diese Wiederholungen, die Frau ist weg.

Ich muss ihr sagen, dass ich zurückkomme, dass ich nur eine kleine Auszeit nehme, wie beim Tennis. Du darfst eine Auszeit von neunzig Sekunden nehmen, für die Toilette, dann kommst du wieder und bringst das Match zu Ende, genau so, neun Tage, das würde sie verstehen, das war nichts im Vergleich zu den endlosen Jahren der Spielzeit, eine Auszeit, acht bis neun Tage, beim Schiedsrichter anmelden, wo war der Schiedsrichter, er musste nur ein Netz haben, aber sein Gerät wollte kein Netz anzeigen, weder auf der Nord- noch auf der Südseite des Zimmers oder in der Dusche, auch vor dem Zimmer nicht auf dem Flur, dieses Zimmer, das Fernsehen hatte und Fernbedienung, aber kein WC, kein Netz, als plötzlich der freundliche Mann vor ihm stand und por favor sagte, lächelte, por favor und ihm die Kaffeetasse und die Kaffeeuntertasse in die Hand gab und wieder lächelte und rückwärts hinausging, als müsste er etwas von ihm befürchten, por favor.

Diese Wiederholungen über all die Jahre, wenn er auf und davon musste, allein sein wollte, fliehen, Wiederholungen – damit sich die Melodie besser einprägte oder weil sie so schön war, oder Konvention, im Übrigen benutzte er zu viele Adjektive in seiner Musik, Mozart, während Beethoven ihm zu substantivisch war.

Fortwährend griff er nach seinem Kopf, um das Käppi zurechtzurücken, das er tagelang getragen hatte, die ganze Fahrt über oder um es abzunehmen und sich die Haare zu kratzen, aber alles war weg. Er glitt mit den Fingernägeln ab an der wachsglatten Haut, die über seinen Schädelknochen gespannt war und glänzte wie ein Treppenabsatz, sie würden ihn nicht mehr erkennen. Er konnte nicht mehr zurück, er war zu weit gegangen diesmal. Das war die Entscheidung, nach der er immer gesucht hatte, die er verschoben hatte, mit einem Mal und wie von selbst.

Leichtfüßig und wie von selbst wie ein Äthiopier auf der Zehntausend-Meter-Strecke glitt er durchs Ziel – es wird nichts mehr bringen, Luisa, sagte er und versuchte sie anzusehen, und wie immer stellte er sich gleichzeitig vor, dass sich alles mit einem großen, wunderbaren Ruck wenden würde, wenn sie ihn nur einmal einhüllen, ganz bedecken, völlig ummänteln würde mit ihrer Haut, mit ihrer verdammten, ja, Liebe.

Ich werde mich einfach auflösen. Dann geht alles supa-dupaleicht bei euch, meine Lebensversicherung wird fällig, niemand findet mich, ich wäre Mücke possibly und du würdest zweihunderttausend bekommen – ich sage nicht »kassieren«, ich sage bekommen, Luisa, wenn sie nur käme und ihre Hände auf seinen Nacken legte, aber das dürfte er nicht sagen, das würde sie nicht ernst nehmen. Manches durfte man sagen, anderes nicht. Durch Sagen etwas zu verändern, das erschien ihm unglaublich, zumindest völlig unwahrscheinlich. Etwa als ginge er hinaus zum Pool und dort würde gerade ein junger kleiner Saurier aus der Kreidezeit gebadet: dass das gehen sollte, mit dieser Stimme, mit etwas Luft, die er durch Kehlkopf, Gaumen, Zunge und Lippen modulierte. Etwas verändern, durch Sprechen, das erschien ihm doch an diesem Tag zumindest, vielleicht aber auch für später ganz und gar.

Aber schlaflos seit Tagen und unter diesen Tabletten und dem Druck unter dem Rippenbogen ging es ihm nicht darum, jemanden zu kennen oder gar kennenzulernen – hätte er das Insekt geschlagen in nächtlicher Schlacht oder sogar gefangen, alles wäre anders gewesen.

Mauseleben

Schon zum dritten Mal heute, diese Falle. Gebratener Schinken, etwas Käse, achtsam auf den kleinen Spieß gesteckt, der von oben in die Falle hineinragt. Dann konzentriert den Metallbügel nach hinten über den Drahtkäfig gespannt und mit einem weiteren Bügel arretiert. So arretiert, dass die Klappe zur Käfigfalle weit offen steht. Damit diese Klappe sich blitzschnell schließt, sobald das Tier am Schinkenkäse zupft, weil dann der Bügel sich löst und nach vorne schnappt. Es sei denn, die Maus würde von außen schnuppernd an die Gitterstäbe stoßen, dann käme es zu einer Fehlschließung.

Schon zweimal Fehlschließung heute.

Sobald die Maus aber von innen am Schinken zupft, soll der Spieß aus der Halterung rutschen und den Bügel freigeben, der zuschnappt und – nein, nicht ihr Genick zerschlägt. Sondern die kleine Metallplatte loslässt, die damit den Käfig schließt, diesen etwa fünfzehn mal fünf Zentimeter großen Käfig verschließt und somit ist das Tier gefangen.

Ihre Augen, groß wie die bunten Stecknadelköpfe, die ich an meiner Pinnwand sehe, schwarz, rund, glänzend, werden mich ungläubig anschauen. Sie wird erst stillsitzen, starr vor Schreck, wie ich selbst starr wäre vor dem Unbegreiflichen. Ohne Schlüssel in einem Käfig von Gitter umgeben, bar jeder Chance auf einen Ausweg! Vorwurfsvoll wird sie mich ansehen, dann mit nervösen Bewegungen im Käfig hin und her sausen mit ihrem Schwanz, genauso lang wie ihr Körper, ihr Näschen an die Klappe drücken, versuchen, sie aufzudrücken, vergeblich. Sie wird mich ansehen, ich weiß nicht, ob sie mich überhaupt sieht, aber ich denke, sie schaut vorwurfsvoll, sie fordert mich auf, den Blödsinn aufzugeben und sie unverzüglich wieder freizulassen. Denn längst haben sie und ich bemerkt, dass aus dem Käfig für das Tier kein Entkommen ist, nicht unter den hier gegebenen Umständen.

Was sie nicht erkennt: Ich schütze sie. Ich behüte sie vor den Krallen der Katze, vor den gefährlich hackenden Schnäbeln der Krähen, die draußen im Tiefflug über die Wiesen gleiten, denn nichts Besseres kann es für diese Maus geben als einen Käfig! In dem sie gefüttert wird. In dem sie sicher ist. Aber das versteht sie nicht. Sie stupst mit der kleinen Nase immer wieder an die Seiten des Käfigs, die mit feinen, metallisch glänzenden Gitterstäben verschlossen sind und verschlossen bleiben.

Es gibt keine Freiheit, kleine Maus, werde ich sagen, ganz egal, was wir jetzt tun. Oder glaubst du, es ist Freiheit, wenn ich dich rauslasse in diesen kleinen Garten mit den paar Bäumen, Blättern, Gras? Natürlich könnte ich dich, werde ich zu ihr sagen, ohne Weiteres in diesem Käfig hinaustragen, den Bügel spannen, sodass sich die Klappe wieder hebt, und und und. Ich könnte danach auch wieder etwas Schinken in die Falle legen, ohne ihn an den Spieß zu stecken, einfach etwas Schinken. Unter den roten Ahorn stellen und ab und zu nach dir sehen, was du so machst, in deiner Freiheit. Wozu du sie nützt, wie du die Gefahren meisterst, deiner Freiheit. Oder auch nicht. Denn ich kann die Krähen nicht hindern, die Katzen.

Und was du machst, wenn der Herbst kommt, die kälteren langen Nächte im Herbst, ob du mir treu bleibst, zurückkehrst in den Schinkenkäfig, in das wohlig-warme Gehäuse, was mit Sicherheit das Klügste wäre, das du tun könntest, oder was du sonst mit deiner vielen Zeit anfängst, deiner kurzen, aber von dir als unglaublich lang und so sicher empfundenen Mauselebenszeit!

Aber noch habe ich dich ja nicht. Aber ich sage dir gleich, so wie du dir's vorstellst, wird's nicht ablaufen, auf keinen Fall. Du willst den Schinken holen und raustragen in dein Nest oder deine Höhle. Vielleicht hast du dort einen Gefährten und sogar schon Kinder, denke ich voll Schreck. Sie erwarten, dass du mit Beute kommst. Hier in meinem Wohnraum könnten sie warten, oder draußen am Balkon, auf der Terrasse? Keine Ahnung. Das würde mein ganzes Thema sprengen, das sich nur um die Freiheit, um deine Freiheit drehen sollte. Plötzlich säße ich in einem Käfig, der aus dem Thema »Freiheit« bestünde und müsste zugleich an Mutterschaft, Paarung, Nahrungssuche, Kindesmisshandlung, Tod et cetera arbeiten, würde an den Käfigstäben meines eigenen Freiheitthemas zerren, nach einer Tür, einer

Klappe suchen, um einen Ausfall zu wagen, verlustreich sicher, aber die Fahne retten, das Thema!

Die Freiheit, Mausetier, großartige Sache, aber ehrlich gesagt, komme ich damit überhaupt voran, jemals ans Ziel? Irgendein Ziel?

Zwielicht

Vom Bombenbasteln

Edukation, Sozialisation, Explosion und Vertrauen?

Wollen Sie wirklich wissen, wie das damals war, mit dem Bombenbasteln in den Sechzigerjahren, in den Tagen meiner Jugend? Der melierte Herr mit Fassonschnitt im grauen Zweireiher lächelte und sah mich kurz an, während die Kaffeetassen aneinanderschlugen und der Intercity über die Donau rauschte, hinter Ingolstadt. In wenigen Minuten würden wir am Ziel sein, aber das wollte er doch noch erzählen. Er nahm aus einer braunen Tüte, die auf dem Tisch neben der Lampe und neben der Speisekarte lag, eine Kirsche und spuckte den Kern zehn Sekunden später in sein leeres Weinglas, ping.

Ach, wissen Sie, jeder von uns kam damals irgendwann einmal mit Bomben in Berührung, es lag einfach in der Luft, es war Alltag. Zum Beispiel mein alter Freund, ein Musiklehrer, der von Rolf Heißler eine graue Reisetasche in Empfang nahm und wochenlang unter seiner Schmutzwäsche versteckte. Nicht fragen, warum, nicht fragen, wie lange, nicht fragen, was drin ist. Klare konspirative Konditionen. Sie erinnern sich doch, Heißler, der Terrorist, zweifacher Mörder??

Abenddämmerung, die Sonne stand milchig über der Hügellinie rechts, durchbrochen von Industrieanlagen, Fabrikschloten. Der Zug vibrierte. Die Stunde des Erzählens.

Viele hätten damals statt der Tasche lieber Heißler selbst oder Baader persönlich im Schrank versteckt – aber das nur nebenbei. Es ging auch ums Prestige, um soziale Positionierung. Das waren allerdings schon die Siebziger, da war das nicht mehr ganz so, wie soll ich sagen, lustig.

Ping, die nächste Kirsche.

Nehmen Sie, sagte er, nun nehmen Sie schon – fränkische Kirschen, meine Heimat. Im Grunde haben wir gar nichts zu erzählen. Absolut nichts! Wenn ich da an meinen Onkel denke, Jahrgang '26, was der aus seiner Kindheit erzählen könnte. Seine Flucht vor der Roten Armee auf einem Leiterwagen unter Bettwäsche und Kartoffeln, durch die Kontrollen der SS, ständig Tiefflieger – nur so ein Beispiel. Wir dagegen, beschützt, geschwätzig. Ehrlich, die Sechziger etwa waren ja noch total unschuldig. Unverschämt, übrigens dieser Cappu, dünn und teuer – wollen Sie noch einen?

Der Mitropa-Kellner, ein Schwarzer, stand schon länger vor uns, betont geduldig. Mein Gegenüber, dessen dunkles Haar selbstverständlich gefärbt war, wie er mir schon bei Probstzella erzählt hatte. Als wir an diesem lausigen, früheren Grenzort vorbeischoben, ausgerechnet. Im Schneckentempo. Er zog die Geldtasche, auch ich zog die Geldtasche.

Man muss sich unbedingt jünger machen, als man ist.
Zehn Jahre, mindestens.
Er strich die Haut unter den Augen glatt.

Die Chancen der Technik nutzen, bevor man von ihr vernichtet wird! Ich darf Sie doch einladen? Die Kosten werden überschätzt. Mein Gott, wie schön das ist.

Die Hopfenfelder flogen vorbei, die Hügel der Hallertau. Er legte einen Geldschein auf den zitternden Tisch, rundete auf. In der Fensterscheibe sah ich den Kellner lächeln. Draußen lagen die langen Schatten über den Feldern, Erntegeräte mit gebogenen Hälsen fuhren durchs Bild, Bauern waren nicht zu sehen, traurige Tropen, sagte mein Gegenüber, ha, bald wird man das auch von unserem Land sagen. Er lachte kurz. Machte eine große Geste mit der Rechten.

Der nächste Kirschkern flog. Ich steckte mein Geld wieder ein.

Und dann wir Jungs mit dem Schwarzpulver – haben Sie mal daran gedacht, eine Bombe zu basteln? Wir schon. Oh ja! Mein Freund Ax war begeistert von »Landser-Heften«, von Panzerkesseln und Blitzkrieg-Idee, all dieser Schund aus der Adenauer-

Ära. Sechzigerjahre, knapp vor den Beatles. Man bekam alles Bombenmaterial für den Gegenwert gerade eines Monatstaschengelds. Als hätten die das gewollt! Dass wir Bomben bauen. Als hätten die wieder auf irgendeinen Krieg gewartet!

Drei verschiedene Drogerien. In einer kauften wir Holzkohlepulver, das war kinderleicht, in der anderen Salpeter, und dann noch Schwefel – der Drogist wollte nur beim Salpeter wissen, wofür, und wir sagten, für den Vater, wir wüssten nicht, wofür. Der hätte uns das Zeug pfundweise verkauft! Sie sollten das heute mal versuchen, wäre interessant, Sie sind ja noch jung, es würde mich wirklich interessieren. Der würde gleich Großalarm auslösen, ganz sicher. Zumindest Telefonüberwachung, Vorbeugehaft. Na ja, zwanzig Gramm Holzkohlenpulver, siebzig Salpeter und zehn Schwefel, das war so ungefähr die Mischung. So ungefähr, wenn ich mich erinnere. Mein Freund Ax, der damals fünfzehn, also zwei Jahre älter war als ich, hatte ein englisches Ingenieurslexikon aus dem Glasschrank seines Vaters geholt. Da stand sie drin, die exakte Mischung – grammgenau: »Gunpowder«. Ich erinnere mich: Wir gingen in Deckung hinter der alten Buche, in der noch hoch oben das Baumhaus meiner frühen Kindheit hing, hatten keine Ahnung, was passieren würde, als unser letzter Versuch endlich zündete – und wie! Meine Mutter stürzte heraus, sie hatte eben noch den Rest Kartoffelschalen auf den Kompost geschüttet und war wieder in der Küche, als es bei uns im Garten knallte.

Hier, nehmen Sie noch eine – Bioware, bei Obst achte ich auf Bioware, bei Obst müssen Sie unbedingt auf Bio achten! Auch das eine Erfindung meiner Generation. Übrigens.

Die kleine silbern glitzernde Dose flog etwa zehn Meter durch die Luft und wir wussten, dass wir es »hatten« – jetzt noch eine größere Dose, vielleicht dreimal so groß, und dann. – Zwei kleine Oppenheimers. Das dachten wir damals natürlich nicht. Oppenheimer kannten wir doch gar nicht. Nicht, dass Sie glauben, wir wollten irgendjemandem nacheifern.

Wir müssten gleich da sein, es zieht sich doch bis München immer wieder, hier, nehmen Sie eine Kirsche. Die zwei Einweckgläser aus Mutters Vorratsschrank mit unserem schwarzen Pulvermix standen danach noch ein paar Jahre im Kleiderschrank rechts hinten, bis ich das ganze Zeugs schließlich wegwarf, als

Dünger unter die Stachelbeeren kippte. Aber was soll's, im Grunde habe ich nichts zu erzählen – wenn ich Ihnen sage, was mein Vater erzählen konnte, aus dem Krieg! Aber der erzählte ja gar nichts.

Es hatte nach Schwefel gerochen, die Dose lag ohne Deckel im Moos, und der Gips hatte schwarze Schmauchspuren. Ich wollte die Leistung noch deutlich verbessern, klar, dass das noch nicht genug war, Sprengkraft ist Lustgewinn pur! Aber es begann zu regnen und wir mussten ins Haus. Wir hatten noch etwa fünfhundert Gramm von dem Pulver, genug für zwei bis drei echte Bomben, würde ich meinen, und wir wussten nicht, wohin damit. Zuerst versteckten wir's hinter Büchern: Karl May, Enid Blyton, den Starfightern und Kanonenbooten aus Fallers Plastik und dem kleinen roten Porsche Carrera mit Batterie, bei dem man den Gang einlegen und lenken konnte.

Wir hatten eine dieser Alufilmdosen mit dem Schwarzpulver befüllt, in denen man die Sechsunddreißiger-Filme kaufte, für die Kodak Retina zwo C. Ich hatte sie drei Jahre vorher zur Heiligen Kommunion bekommen. Es gibt ein Foto von mir mit dieser riesigen weißen Kerze in der Hand.

Wollen Sie näheres wissen, den Namen des Pfarrers etwa, oder an was ich dachte, als ich zum ersten Mal die Zunge der Oblate des Priesters entgegen streckte? Ein Freund von mir hatte gesagt, dass das alles Unsinn war, Brot und Wein und Wandlung et cetera. Gierlinger hieß er übrigens, der Pfarrer. Sie sind ja Journalist, lachen Sie nur. Sie wollen alles ganz genau wissen. Er ohrfeigte meinen Vordermann in der Schule. Aber ansonsten war er harmlos.

Also mal ganz präzise, die Filmdose: Oben in der Mitte ein Loch hinein bohren und eine Weihnachtswunderkerze als Zündschnur durchstecken. Alles mit dem Pulver füllen, gut zuschrauben und dann die Wunderkerze oben anzünden. Es sprüht, es funkt, es frisst sich durch das Loch im Deckel durch. Aber das Alu verträgt die Hitze nicht, es schmilzt. Zuerst versuchten wir das alles noch im Kinderzimmer, erst später draußen. Man musste die Dose verstärken, also mit Gips auskleiden, ich bin noch heute stolz auf diese Idee – Gips! Damit das Alu nicht schmolz. Man musste dafür sorgen, dass das Ganze ein, zwei Zehntelsekunden hielt, verstehen Sie? Wenn du den Deckel offen lässt, passiert gar nichts. Das Zeug verbrennt einfach. Dass es höllisch heiß und schnell verbrennt, haben wir sofort gemerkt, klar. Der Druck innen muss wachsen – das haben wir nach und nach begriffen. Also den Gips gut trocknen lassen. Den Deckel fest verschrauben. Dann machte es ›bang‹, endlich.

Der Mann klatschte in die Hände, ein Pudel drei Meter weiter kläffte auf, mein Gegenüber lachte und ließ einen Kirschkern durch die gerollte Zunge herausschnellen. Ping.
Aber geben Sie das Rezept nicht weiter, warum habe ich Ihnen das eigentlich alles erzählt, egal. Ach ja, weil Sie Kindheitsstorys sammeln. Weiß nicht, ob das ne gute Story ist.

Wir rollten in München Hauptbahnhof ein, der Mann holte seinen Koffer von den metallen glänzenden Rippen herunter. Noch einmal drehte er sich zu mir.

Wir haben nie mehr darüber gesprochen, Ax und ich. Plötzlich kamen die großen Ferien und die lange Zeit am Meer, der Strand. Ax hatte nur noch Mädchen im Kopf und wollte nicht mehr viel mit mir zu tun haben. Ich spielte Handball und Tischtennis und stellte die Einmachgläser mit dem schwarzen Pulver in den Kleiderschrank, unten, hinter die alten Schuhe. Zwar vergaß ich das Zeugs nie wirklich, aber ich dachte auch nicht mehr richtig daran, ganz ehrlich! Das Wichtigste war eigentlich, dass wir es herausgefunden hatten. Und meine Mutter. Die stürzte heraus, als es krachte, war bleich bis in die Fingerspitzen und fragte, ob alles in Ordnung wäre, und dass wir bei ihr im Garten doch keinen Blödsinn machen würden, sie habe keine Zeit, sie müsse jetzt arbeiten gehen und vertraue uns absolut, dass wir keinen Quatsch mit irgendwas Gefährlichem und so weiter, das mussten wir auf der Stelle schwören. Und dabei blieb es ja auch.

Der Graumelierte nickte und verschwand mit »na dann« zwischen den Sitzreihen, und ich sah den Leuten durch das Fenster zu, wie sie sich auf dem Bahnsteig küssten und ineinander vergruben oder aneinander vorbeiflogen. Es tut gut, mal still zu bleiben, während der ganze Zug ausatmet. Und mal nichts zu denken nach einer langen Reise, absolut gar nichts.

Blauer Reiter

Habe das Wort nicht gesagt, dort vorne schnarrt es eine rostbraune Männerstimme, laut, fordernd, nicht mehr ganz jung, habe es nur leise gemurmelt, finde »Fahrscheinkontrollen« wundervoll, liebe Fahrscheinkontrollen über alles, taste sofort nach meinem Ticket. Diese knappe Legalitätsprüfung, diese exakte Trennung von Gut und Böse, Ordnung und Chaos, Gesetz und Freiheit – Genuss pur, türkisgrün.

Drei, sehe ich, drei Passagiere zucken zusammen, fangen an zu nesteln, gefangen in den unter Häusern und Straßen dahinrasenden Waggons, ich nehme den Filmschauspieler, ich werde ihn retten! Filmschauspieler sind rar in der U-Bahn. Ich habe ihn sofort erkannt. Ich kenne ihn fast besser als mich selbst, ich weiß genau, wann seine dritte Frau abgetrieben hat und in welcher Klinik er sein Skrotum straffen ließ, und seine Lieblingssocken und -äpfel kenne ich auch. Bei Fahrscheinkontrollen fühle ich mich einfach gut, ich habe das Gefühl, dazuzugehören und okay zu sein, erfolgreich und smart, indigoblau-korrekt.

Die Fahrausweise bitte, ich sehe den grellroten Blick des Gejagten, seine unruhigen Augen, das fahle Gesicht, und ich setze mich hosenstoffnah neben ihn. Angststarre, er sitzt da, eiszapfgefroren. Sie werden ihn kriegen. So hat er keine Chance. Ich weiß alles über ihn. Ich lese die bunten Gazetten, nehme seine Hand, weiß, wie er sich jetzt fühlt. Sie ist runzlig wie ein alter Apfel. Ich sage, »ich weiß, wie du dich jetzt fühlst«. Der Satz wirkt immer. Bei Nahaufnahmen muss er sie doubeln lassen, die Hand, weiß ich, alles gelesen. Er trägt einen Ring, einen Ring am mittleren Finger, ein Geschenk von, am mittleren Finger der rechten Hand. Von einer Diva, einer berühmten. Ich wiege seine Hand wie ein Steak in meiner Hand und sage leise, das wird dich nur vierzig kosten, das ist doch nichts. Angst? Sogar hellgelbe Schweißperlen – Panik, vielleicht? Als ich selbst noch schwarzfuhr, als ich selbst noch unbedingt schwarzfahren musste, erkannte ich diese Kontrollgesichter sofort. Ich lehnte oft rötlich angespannt neben einer der Türen und erkannte sie, wenn sie hereinkamen an ihrer Kopfhaltung, ihrem unruhigen Blick und stieg sofort aus – ohne Ausnahme. Bei Gefahr im Dschungel niemals Kompromisse.

»Schärfer schauen«, sage ich zu ihm, »das Auge schulen, die Witterung von Weitem aufnehmen: Dreiergruppe am Bahnsteig, dunkelblaue Umhängetasche, nie braun, nie hell, nie eine Zeitung in der Hand und auch sonst keinerlei Gepäck: die Hände frei zum Aufschreiben und Zupacken – nur ein dunkles Umhängetäschchen mit Bestrafungsutensilien, neuerdings manchmal ein Rucksack, ist doch klar. Das weißt du nicht?« Das »Du« der Verfolgten, ein »Du« ohne Dauer, blassblau. Mein Farbtick.

Ich lege diese Hand auf sein Knie zurück, berühre es dabei knapp, rechts, es zittert. Er dreht den Kopf zu mir und rollt die Augen schauspielerhaft bedeutsam zum Kontrolleur, der noch fünf Sitzreihen entfernt steht, und ich sage: »Nicht der da vorne, von hinten kommt noch einer. Eine Frau. Die ist gefährlich. Ich kenne sie.« Er hebt die rechte Hand mit drei Fingern. »Ist es schon das dritte Mal?«, flüstere ich und er nickt stolz, zwinkert mir zu. »Das dritte Mal, da musst du abhauen. Riecht nach Betrug, Absicht, Staatsanwalt, weinrot.«

Keine Antwort. Er spielt den irren Blick von Kinski, Aguirre, der Zorn Gottes, dreht den Kopf langsam hin und her, Zeitlupe, »nichts zu machen«, verstehe ich, »Schicksal«, verstehe ich. Er atmet langsam aus, gedehnt, und ich denke, das kann wirklich tierisch teuer werden, mein Lieber, dazu noch miserable Presse, saftige Geldstrafe und so weiter. Konnte es immer verhindern, meine ganzen gruseligen Schwarzfahrerjahre hindurch, nie haben sie mich das dritte Mal geschnappt. Hab mit fünfundvierzig aufgehört. Prachtvolles, oranges Alter! Nur dieser Farbtick ist geblieben. Die Angst? Weiß nicht. Mit fünfundvierzig ist es Zeit aufzuhören. Oder erst anzufangen. Manche fangen im Alter erst richtig an. Oder sind süchtig, kommen nicht mehr los davon. Er grinst. »Wo sind wir hier eigentlich? London, New York? War eben noch am Set in L.A.«

»Mit der Tour kommst du nicht durch hier«, sage ich. »Normalerweise sind die ja harmlos: Von Weitem zu erkennen, wie die

Feuerwehr. Aber klar, wenn sie dich erst mal haben, knallrote Gefahr, jetzt, noch drei Meter. Wirklich tückisch sind die Schläfer, die sich erst mal gemütlich hinsetzen, wie ganz normale Fahrgäste, Däumchen drehen und dann nach zwei, drei Stationen plötzlich und ganz langsam aufstehen und sich umsehen nach ihren Opfern.«

»Blauer Reiter«, ruft er plötzlich, »nächste Station, Königsplatz«, ruft die U-Bahn-Stimme. Ich schnelle hoch, drehe ihm den Rücken zu und zische: »Los, los! Auf, Mann, reiten! Auf!« Und, leiser, flüsternd: »Sein oder nicht sein, ob's edler im Gemüt«, er springt auf meinen Rücken, krallt sich wie besessen von hinten in meine Schulter und wispert, flüstert mir ins Ohr: »Oh, welch ein edler Geist ist hier zerstört – weh mir, wehe, dass ich sah, was ich sah und sehe, was ich sehe!«

Ich nicke. Gut so. Kein Zaudern. Kein Zögern. Es gibt einen Ruck und dann spüre ich ihn im Kreuz, er ist federleicht, seine Knie auf meiner Hüfte, vor meinem Bauch verknotet, schlotternd, seine Kinnlade klappernd auf meinem Kopf, und ich zischle, du musst jetzt tapfer sein, Brother, klug, stark und sehr, sehr tapfer, und greife nach oben in sein Gesicht und quetsche das hervorstehende Nasenteil kurz zusammen. Kleine Drehung, er brüllt auf, und wir haben Glück gehabt, denn sein Nasenblut kommt sofort, ich habe es schon an der Hand, schmiere es auf mein helles Hemd, halte ihn fest an den Beinen, er kreischt vor Schmerz, und ich schreie »Notfall«. Das Blut tropft aus der Nase über meinen Kopf, mein Gesicht, ein Rinnsal über die rechte Gesichtshälfte, das zweite versickert im Hemdkragen.

Hatte ihn zuletzt bei Lanz gesehen, davor bei Illner. Oder war es Anne Will? Nein, es war erst Illner und dann Lanz. Oder Maischberger? Lanz hat ihn lehmbraun-sanft über das Reiten befragt, damals ist er ja noch wirklich geritten, oben in Berlin, sehr lässig, souverän. Jetzt ist er schwer krank. Alkohol, wie ich gelesen habe, bonbonrosa. Oder schon rubinrot – tot. Aber ich habe ihn noch gekannt, noch geschmeckt, wie gesagt, ich würde anderntags in den Gazetten stehen, dachte ich damals, kurz nach der Szene, Ruhm unvermeidlich, Rampenlicht! Schauspielstar nach Überfall gerettet! Würde Anrufe bekommen, silberglitzernd, nachts um zwei, würde mir die Talk-shows sehr genau aussuchen. Endlich meine Chance. Nur die besten bekämen mein Gesicht, nur die, die wirklich gut zahlten. Wollte gern wissen, wie Maischberger roch, Babypuder Penaten, vermutlich. Lanz, klar, Aftershave Whiskey. Maybritt nach schnellen Pferden, aber Anne Will, hellblau süßlich oder zwiebacktrocken?

Hey, hoo, so reiten wir durch den Mittelgang Richtung Waggontür, knallbunt verwegen. Männer ziehen die Bäuche ein, Mädchen kreischen vor violettem Entsetzen. Ein Glück, keiner will helfen, wie immer, alles ganz normal. Ich ziehe meine zerdrückte, vom Blut gesprenkelte Zehner-Streifenkarte und wedle damit der Kontrolleuse unter den Augen herum. Sie winkt uns durch. Ich brülle, »Notarzt«. Die Bahn hat gehalten. »Überfall, Hilfe, Blutsturz«, so preschen wir hinaus durch die Tür, er, der Schauspieler huckepack und ich, noch unbekannter, aber in Kürze gefeierter Retter. Werde berühmt werden, schon morgen berühmt sein, für einen Tag, eine Woche. Habe ihn ohne Zweifel vor einem aggressiven Überfall gerettet. Zurücktreten, bitte, hinaus auf den Bahnsteig, die Journale, morgen. Von der Wand gegenüber schauen uns die Blauen Pferde an und diese schwarz-rote, spitze Gestalt von Jawlensky, wer ist dieser Jawlensky, dass er hier den Berühmten geben darf, kein Schwein kennt ihn, und ich lege meinen famosen Reiter längs auf der metallenen Gitterbank ab, beruhigendes Asphaltgrau, sachte, sachte, ein Taschentuch unter die Nase, eins in die Nase, auf den Rücken legen, etwas Kaltes in den Nacken, ich habe nichts Kaltes, das Blut beruhigt sich trotzdem, und ich sage tiefseelenblau, »gestatten, Franz Marc«, und er nickt knapp, der Schauspieler, da kommt wieder Blut, wenn er nickt, tropft sofort wieder Blut auf das Hemd, auf den Bahnsteig, »Kandinsky«, sagt er »angenehm, Wassili«, legt sich zurück und sagt, »ja, das war gut gerade eben, der Schuss Reality, der hat so richtig gutgetan.«

Es kann heut' Abend später werden

Dafür erzählte er sie noch locker, diese Geschichte. Sie hatten seine Frau, seine zwei Kinder. Das gewohnte Basisgrau des Alltags war plötzlich rot gesprenkelt, »die haben mich da unten gepackt, in unserem Kellerverschlag verstaut und sind rauf in die Wohnung. Sie haben mir den Schlüssel aus der Hand gerissen mit dem kleinen blauen Plastiktier von Myriam, meiner Tochter, diesen kleinen blauen Dinosaurier und sind rauf damit in unsere Wohnung, dritter Stock, musst du dir vorstellen, Luis, das musst du dir mal klarmachen! Ich sitze da unten fest, tobe da unten, in diesem Kellerkäfig, und die sind mit Elsa, meiner Frau Elsa, in der Wohnung, und die Kinder müssen zusehen, alles mit ansehen. Und danach verschwinden sie, die Kerle, spurlos, nix, bis heute, nix, diese Schweine.«

Sie saß ihm in den Nieren, die Geschichte, das sah ich. Seine Augen, die Mundwinkel. Nach der Rückkehr aus dem Urlaub, an einem Sonntagabend, wenn alles »Tatort« schaut, habe er unten im Keller, in der Schleuse zur Tiefgarage plötzlich diese andere Hand auf seinem Handrücken gespürt. Gerade als er die Klinke der schweren Eisentür berührt habe, sei das Licht plötzlich erloschen, und er habe diese trockene Hand gespürt – und nichts mehr gesehen, nur diese Hand gespürt, nur diese Hand. Und einen Lufthauch an seinem Ohr.

Sie waren erst seit zehn Minuten aus dem Süden zurück, und er wollte nur noch die schwere Reisetasche holen, als Letztes. Oben in der Wohnung hatte er schon die ersten Zeichen der gewohnten Reise-Rückkehr-Depression gespürt, den »südlichen Ausläufer«, wie er jetzt scherzte, lau und flüchtig, während die wirklich schweren Wolken erst später aufzögen, in den nächsten Stunden, Tagen. So war es schon immer gewesen. Und Elsa rief zurück: »Was sagst du?« Weil sie schon mit Myriam im Badezimmer planschte, am anderen Ende der Wohnung, und Max sich schon in den Computer fraß. Da hätte er zurückschreien oder zu ihr hinter ins Bad gehen müssen. Vielleicht wäre dann alles anders gekommen. Ein paar Minuten hier oder dort, die Kausalkette sprengen, alles wäre anders gelaufen, möglich.

»Ich überlege immer, Luis, verstehst du, wo hätte ich den Ablauf brechen müssen, um alles zu verhindern, was danach kam? Wo hätte ich – aber nach hinten ins Bad mit den Straßenschuhen?« Also zog er schnell und hörbar die Wohnungstür hinter sich zu und ging hinunter.

»Ich habe doch nichts geahnt, Mann, ich hatte doch gerade diesen Familienurlaub hinter mir, du kennst das ja, einigermaßen glücklich und glimpflich – kein Crash, kein Bruch, keine Diarrhö. Das hatte doch alle Chancen zur Urlaubsverklärung nach ein paar Wochen, wie früher auch, so richtig verklären konnte sich das, damit wir davon noch was hatten, zehn, elf Monate lang, das war doch der Sinn der ganzen Sache.«

Eben noch hatte er die zwei glänzenden Ledertaschen Elsas, Gucci oder so, bei denen er immer dachte, ob das sein musste, diese teure Marotte, und dass er sie auch noch tragen musste, und den riesigen gemeinsamen Koffer der Kinder und die Tennistaschen in den Flur der Wohnung geschleppt. Jetzt waren sie da, diese bauchigen Zeugen der letzten Urlaubswochen, saßen im Kreis, nickten sich zu und tauschten wortlos ihre Meinung aus über ihn, so schien es, und diesen ganzen Urlaub und nahmen den Geruch wahr, diesen beruhigenden und traurigen Geruch des Nach-Hause-Kommens, der Sicherheit, des Geborgenseins. Dieser ganze Alltagskäse, den wir doch so brauchen, Luis, sagte Ralf.

Den langen Korridor hinunter zur Tiefgarage sah er auf seine neuen geschniegelten italienischen Schuhe, hörte die eigenen Schritte. Gut, es war gut so, für Momente allein zu sein mit den Schritten und den Schuhen. Wie so oft, wenn er aus der Arbeit kam, um dann in seinem Wagen, Tiefgarage, Parzelle 17, eine CD in den Player zu schieben und zu warten. Zu Hause ankommen, zuhören, das war es, das wollte er. »Es kann heut' Abend später werden, Elsa«, hatte er etwa vorher gesagt, sie von der Arbeit aus angerufen, drehte die Lehne leicht zurück und ließ die Violinen kommen, dann das Klavier.

»Esoterik«, hatte der große Blonde mit dem Schnauzer an der Hotelbar erklärt, das Meer schmatzte nach jedem Satz, die Gischt spritzte an die Fensterscheiben, »Esoterik ist für Frauen das, was Politik für Männer ist, oder Fußball – geben wir's doch zu, ein Puffer«, hatte der Blonde gesagt. »Vielleicht auch nur ein Nebenkriegsschauplatz«, hatte er geantwortet, und in sein Glas gestarrt. »Nebelwerfer«, hatte der Dritte gesagt, ein Schwabe, korrekt gekleidet mit engem Jackett und einem bis oben zugeknöpften weißen Hemd, bügelfrei, rechts vom Blonden, »mit denen sie dich auf Distanz halten«. Auch diese Sätze würden sich bald verklären. Dann würde er denken, dass sie ihm fehlten, dachte er, während er den betonierten Korridor hinüber ging zur Tiefgarage, hinüber und hinunter, verdammt noch mal, ja, und mit der linken Hand in die rechte Brusttasche griff nach seiner Geldbörse mit der Scheckkarte, der Kreditkarte, der Gesundheits-Chipcard, mit der Kaufhaus-Klubkarte und dem vergilbten Alpenvereins-Ausweis aus Pappe.

Und alles war noch da, alles an seinem Platz, als er da hinunterging, alles in Ordnung. »Ich könnte mich in den Arsch beißen für meine Blödheit, Luis, verstehst du – Brusttasche, unten rechts, oben – links, Hosentasche, Rio, CAORLE – *hier* wirst du weggepustet auf der Straße, im Keller, am Bahnhof, überall.«

Am vorletzten Abend der alten Frau begegnet, unten am Strand. Seit Tagen hatten die Kinder von ihr gewispert, geflüstert, die Alte, die Hexe, die Zauberfrau. Also am vorletzten Abend endlich. Lass dir doch die Hand lesen, Papa – also gut, aber nur einmal und ganz schnell – okay? Und die Alte nahm dreißigtausend aus seiner Hand. Damals gab es noch Lire, und musterte die Innenfläche. Sie saß am Strand an einem winzigen runden Tisch, der mit einem bordeauxroten Stoffdeckchen überzogen war, unter einem verblichenen Sonnenschirm, gelblich, und er hatte sich ihr gegenüber auf den Klappstuhl zu setzen. »Eine Zigeunerin«, hatte Elsa erklärt, »sagt immer die Wahrheit. Du zahlst und sie zieht weiter – warum sollte sie lügen?«

»Ich glaube, das heißt nicht mehr ›Zigeunerin‹«, hatte er vage versucht, und vom Handlesen keine Ahnung – von der »abgebrochenen Glückslinie« oder dem »Schicksalsbogen«, der »durchkreuzt« werden konnte, und dann: Die »Lebenslinie!« : Kraftvoll, schwächlich, gebrochen?

Die violett getönten, großen Augendeckel, die man sah, wenn sie die Augen gesenkt hielt, dieser grelle, tiefrote Mund mit den scharfkantigen Callas-Lippen vor den bräunlichen Zahnstummeln, als kaute sie ständig Streuselkuchen, wenn sie sprach – die Kinder starrten gebannt. Sie nahm professionell, sanft seine muskulöse, große Hand, drehte sie mit der Innenseite nach oben, behutsam, sacht, berührte sie kaum, als könnte sie sich daran verbrennen. Sie konnte ihn glücklich machen jetzt wie einen jungen Hund, sie musste das wissen, mit ein, zwei Worten – sie hatte ihn in der Hand, er würde springen vor Glück und sich drehen und nichts denken und auch nichts glauben, aber sie konnte einfach etwas Tolles in ihm treffen, etwas ganz Wundervolles, einfach so!

»Ich war damals glücklich, denke ich heute, Luis, damals wusste ich das aber irgendwie nicht. Ich denke heute, dass ich überhaupt vor dieser Sache im Keller glücklich war, das weiß ich heute, denke ich heute, das, damals, dieser Moment oder auch davor andere mit Elsa, den Kindern, das war's einfach, Glück, oder?«

Er senkte den Kopf.

»Und danach ist alles schiefgelaufen!«

Elsa und die Kinder hinter ihm, Atmen, Tuscheln, Kichern. Die Alte hob langsam den Kopf, sah ihn an, ernst, traurig. Tiefe, raue Stimme. »Ich erschrecken, etwas. Furchtbar, Unglück, hoffe, dass ich irre in deiner Hand, grässlich Hand, schnell gehen, Geld nehmen, gehen, rennen!« Sie hielt ihm das Geldbündel mit den dreißigtausend wieder hin, er schob ihre Hand zurück, sah das Entsetzen in ihrem Gesicht operettenhaft erleuchtet von der schräg hinter seinem Rücken versinkenden gierigen, letzten Sonnenglut.

Ohne Worte drehte er sich ab, zog Frau und Kinder mit. Max lachte schon nach zwei Minuten auf, imitierte die Stimme der alten Frau, »etwas Furchtbares ich dir sagen, ich sehen, du missen sterben morgen, fremder Mann« – sie lachten aus lautem Hals, so schnell, und der Sohn klopfte dem Vater auf den Rücken und sagte, »komm, Papa, vergiss die alte Hexe einfach!«

»Grazie, grazie, Max«, sie waren jetzt ohne Weiteres allerbester Laune und ließen sich mit den Menschenschwärmen des prallen Monats August auf der Promenade treiben in eines der kahl möblierten, überfüllten Eiscafés in der Nähe der kleinen Kirche von Caorle.

Daran habe er sich erinnert, als er den Korridor hinunter ging, und als er vor der schweren Tür stand, von der nach rechts und links die dunklen Gänge zu den Kellerverschlägen führten.

Er habe schließlich den Schlüssel aus der linken Hosentasche herausgefummelt, den mit dem blauen Anhänger, wie gesagt, ins Schloss gesteckt und mit der rechten Hand die eiskalte Türklinke berührt. Als das automatische Flurlicht plötzlich erlosch und er diese Haut auf seiner Hand spürte, diese spröde, harte Haut aus einer anderen Welt, von einem, der wusste, wo es lang ging, ohne Zögern, das sei ihm sofort klar gewesen.

Geländewagenblues

Nachher fahre ich den Geländewagen durch die endlose Einkaufszone Süd und dann nach Hause und hinunter in die Tiefgarage. Wenn ich diesen Bericht fertig habe. Drei Tage, sagt der Staatsanwalt, gibt er mir noch. Wenn ich alles sage. Aber was ist alles? Dann lässt er mich in Ruhe, sagt er.

Diesen Wagen, den mein Burschi mir hinterlassen hat. Den Burschi so gern gefahren hat. Der ihm so gut in der Hand lag und den er sich angeschafft hat, als er noch hundert Tage hatte, objektiv, sage ich mal. Als er dachte, dass er noch tausend Tage oder noch zehntausend Tage hätte, da hat er sich den zugelegt von seinem letzten Geld. Von unserem letzten Geld, das er noch hatte aus dem Supermarktbesuch. Die Supermarktsache, das war so etwas. Ein Erfolg! Burschi sprach gern darüber, über den Safe im Supermarkt! Wollte es nicht zugeben, war aber so. Wenn ich zu ihm sagte, du, du hast doch den Geländewagen aus dem Supermarktgeld, lachte er nur. Du hast doch fast alles in den Wagen gesteckt, oder? Ich mochte dieses Lächeln, es war so leicht, so hell, weit weg von der Tiefgarage, in der er sich sonst aufhielt, so ein freies Lächeln, als wäre er tatsächlich frei. Er konnte sich dann lässig eine Cohiba schief in den Mundwinkel links stecken, zwei, drei Züge nehmen und sagen, ja, Annie, der Supermarkt. Ja, ja, der Geländewagen. Auf mich zugelassen, vorsichtshalber.

Damals haben wir noch gut verdient, Annie, damals hat sich Arbeit noch gelohnt. Der Bruch im Saturn-Hansa, das war noch was. War ein Jahr her oder zwei, also nicht verjährt, noch längst nicht verjährt. Damals hatte er noch hundert Tage was davon, von dem Wagen, objektiv nur hundert Tage haben sie ihm gelassen, sag ich mal.

Noch längst nicht verjährt, redete er immer von der Verjährung. Sagte, stell dir mal vor, Anita, stell dir bitte vor, du gehst in den Supermarkt, in den Saturn-Hansa und sagst, hallo, Leute, ich habe vor zehn Jahren. Sie wissen schon, erster Mai neunundneunzig oder so, Sie wissen aber schon auch, dass das verjährt ist jetzt. Und ich habe nichts mehr, ich bin blank. Alle wären sie sofort auf hundertachtzig, würden sich in dich krallen, alle. Aber vorbei, aus, du, was meinst du, die würden schau'n, schauen! Aber alles wäre verjährt. Und sie müssten mich gehen lassen als freien Mann. Diese Vorstellung von Burschi, ein freier Mann zu sein, irgendwann, ein komplett freier Mann, sagte er manchmal leise und so nebenbei vor sich hin, frei, ganz frei! Mit Konto, natürlich, das war klar. Er kannte eben auch andere Zeiten. Ganz andere. Entweder, sagte er, bist du frei und hast nichts, oder du hast Kohle und bist Knecht, das weißt du, Anna. Das ist der Unterschied. Einer, der schon mal gesessen hat, eingebuchtet, du spürst es sofort. Er redet anders, er liebt anders, das Leben. Aber auch sonst. Alles. Nur wer mal gesessen hat, ist eigentlich ein Mann! Ein echter Mann eben, der Burschi war ein richtiger Mann. Das mochte ich, das findest du nicht so schnell wieder.

Jetzt habe ich nur noch diesen Geländewagen von ihm, der ist noch übrig. Dieser SUV. Sein Nachlass, sozusagen. Was anderes hatte er nicht. Vierradantrieb, PS jede Menge und so, Alufelgen, Bordcomputer, Spitze zweihundertundachtzig, Tiefgarage. Er war einfach kein Schwätzer, das meine ich. Er sagte was, und das stimmte dann auch. Ist ja kaum noch zu mir hoch gekommen, rauf in unsere Wohnung, haben ja zusammengelebt, echt, wir waren ein Paar, der Burschi und ich, verheiratet, schon ein, zwei Jahre vor dem dicken Ding im Supermarkt. Also so gut wie. Irgendetwas hat immer gefehlt, etwas Formales halt. Seine Geburtsurkunde, er hat sie einfach nicht hergebracht.

Die Supermarktsache, die hat uns erst richtig zusammengeschweißt, wie man so sagt. Schweißarbeit! Eine Gemeinsamkeit, es war der Wahnsinn. Nichts gibt es für mich, nichts, was eine Frau so zusammenbringen kann mit einem Mann, wie eine wirklich große, echte Sache. Knallhart! Wenn sie klappt. Natürlich nur dann. Das würde ich schon behaupten: Nur ein großes, gemeinsames Ding vollzieht die Ehe. Nicht der Sex, nicht die Kinder, ach was! Es muss gar nicht das große Geld sein. Es ist einfach nur dieses Gefühl, das eine große Ding zusammen zu machen. Zu versuchen! Gibt ja Frauen, die sich da ganz raushalten. Das wäre nicht meins.

Ich habe gesagt, zum Burschi, wenn du gar nicht mehr kommst, werfe ich alle deine Sachen weg, hier aus dem Fenster raus, auf der Stelle. Er hatte tatsächlich alles hier drinnen im Wagen, alles, was er brauchte. So ein SUV ersetzt dir beinahe die Heimat, sagte er, du fährst hierhin, dorthin, egal, du hast sie immer dabei. Rasierer, Schlafsack, Kondome. Hier, sagte er, bin ich sicher. Er sagte hier, Annie, kann ich sofort weg, weiter, über die Grenze, immer weiter, wenn sie kommen. Ich staunte manchmal, wie wenig der Mann brauchte. Eine Dusche ab und zu, oben bei mir, aber die Socken, die Hemden, das alles hatte er unten, das wusch er irgendwo in einem Waschsalon oder warf es weg und kaufte was Neues. Er war so ein Typ, der machte einfach das, was er sagte, der redete nicht lange, und ich wusste auch, es war sinnlos, an ihm herumzumachen, er würde so bleiben, immer. Und dass es ihm nur darauf ankam, was er *brauchte*. Und immer dieses »wenn sie kommen«, sagte ich, vergiss es doch, Burschi, sie finden dich nie, niemals! Die kommen nicht. Ich musste ihn schon unten besuchen, Platz 77, Tiefgarage, daran habe ich mich gewöhnt. Jeden Abend ab halb zehn. Noch heute gehe ich um dieselbe Zeit hinunter, nehme einen Joghurt-Nuss mit und öffne die Tür zur Tiefgarage, werfe mich gegen die eiserne Tür so wie früher, als ich den Burschi besuchte, um sie aufzukriegen, und esse mein Joghurt-Nuss im Geländewagen, ganz langsam. Sie wissen nicht, dass der von dem Supermarktgeld ist, der Wagen. Das weiß niemand, woher auch, höchstens von mir, aber das weiß er, auf mich kann er sich verlassen. Sie hätten ihn sonst schon kassiert. Schon längst.

Er hat mir die Pflegezeit erspart. Er hat immer gesagt, Annie, mit der Krankheit, die ich habe, geht das nicht mehr endlos, Anita, du wirst mich pflegen, stimmt's. Legte mir den Arm um die Schultern bei »stimmt's«. Aber ich wusste ja nicht, was es war. Und er hatte es selbst längst anders geregelt, schriftlich. Lange im Voraus. Keine künstliche Lebensverlängerung! Also haben sie ihn gelassen. Sie haben mich gefragt, als es so weit war, sollen wir ihn anschließen oder wollen Sie, dass wir ihn in Ruhe lassen, Sie verstehen, Herr Staatsanwalt, was ich meine. Die Ärzte. Nein, habe ich gesagt, er wollte anscheinend seine

Ruhe haben, und Sie haben mich ja als seine Frau gefragt, quasi als seine Frau.

Bernie, habe ich zu ihm gesagt, hinuntergebeugt an sein linkes Ohr, ich bin jetzt zurück, ich bin doch jetzt da. Bei dir, wie immer! Weiß nicht, ob er es gehört hat. Wenn sie so daliegen, wachstuchartig, ich war da ganz ruhig. Ich kannte das schon von anderen. Aus dem Fernsehen. Dieses wachsartige Gesicht. Das war also nichts Neues. Habe gesagt, alles klar, Bernie, ich weiß Bescheid, du wolltest frei sein, ein freier Mann, machen wir uns nichts vor, habe ich geflüstert, Bernhard, du ersparst mir die Pflegezeit und dir die Qualen, die Torturen, wir lassen es, okay, ist das okay? Das ist es.

Ausgekühlt war er. Neben seinem fetten SUV gelegen in der Tiefgarage, Numero siebenundsiebzig. Einen Tag, zwei Tage. Ich denke ja, sie haben ihn irgendwie erwischt und das war nicht so von ganz alleine, so ganz auf die Natürliche. Das habe ich jedenfalls damals gedacht! Hat aber nichts festgestellt, die Polizei. Habe ihn neben dem SUV, oder wie er hieß, gefunden. Ausgestiegen und umgekippt musste er sein. Und ich war verreist, ausgerechnet in diesem Moment war ich weg, wo ich sonst immer da war! War in Hofgastein bei einer Tante, mich um das Geld kümmern von dieser Tante. Annie, hatte er gesagt, wir dürfen uns nicht auf die Erbschaft von der Tante verlassen. Sie spielt im Casino! Aber wir haben uns darauf verlassen, was sonst. Neben diesem Bruch im Supermarkt war die Tante unsere Rücklage. So eine Erbtante brauchst du einfach! Fast alle Menschen, die ich kenne, haben irgendwo so eine Tante sitzen. Tatsächlich bin ich schon nach drei Tagen zurückgekommen, weil es nichts war mit der Tante. Wir hatten doch nichts mehr von der Sparkasse übrig, nur noch vom Saturn-Hansa und ich mit diesem Job beim Woolworth, da konnte man nicht viel abzweigen, es reichte kaum zum mageren Leben. Also war die Tante mit der Erbschaft die einzige Chance. Die machte aber ständig Kuren, und es ging nur sehr zäh mit ihr. Da lief also auch nichts, fürs Erste.

Bernie, habe ich gesagt, ich bin doch zurück, bin doch jetzt da, willst du denn nicht wieder aufstehen? Wollen wir beide wieder? Aber der Doktor meinte, er gebe ihm nur fünf Prozent, maximal, zurückzukommen. Ich habe also sein Leiden nicht verlängert. Er war schon ausgekühlt, als sie ihn fanden. Niemand hatte ihn vermisst. Normalerweise wäre ich erst nach einer Woche von der Tante in Hofgastein zurückgekommen, in Österreich zahlst du ja keine Erbschaftssteuer, aber es lief nichts bei ihr. Also bin ich zurück mit dem Zug und gehe hinunter in die Tiefgarage und sehe ihn neben dem SUV liegen wie tot, den Bernie. Entsetzlich! Burschi habe ich gerufen, Burschi! Was machst du da? Ich habe nicht sofort jemanden geholt, habe mich erst in den Geländewagen gesetzt und von dem Schreck erholt und nachgedacht. Hab mir erst mal einen starken Kaffee gemacht, oben. Wenn es die vom Supermarkt gewesen wären, die ihn kalt gemacht, wenn sich durch eine Obduktion herausstellte, dass es die waren, und dann kämen die Fragen, wieso, warum. Und dann würden sie uns, also ich meine natürlich dem Bernie, darauf kommen und unsere Wohnung wegnehmen, den Geländewagen und die eingetragene Wohnung, die wir uns doch von dem Geld noch gekauft hatten. Ich musste sehr vorsichtig mit dem Bernie umgehen. Extrem vorsichtig! Aber es gab keine Schusswunde, keinerlei äußere Verletzung, das konnte ich feststellen. Konnte also den Notruf wählen. Obwohl ich noch heute eigentlich sicher bin, dass es die vom Supermarkt gewesen sein müssen. War aber wohl zu spät, ein paar Stunden früher und wir hätten ihn vielleicht noch retten können, sagten sie, diese Mediziner.

Man darf ihnen auch nicht alles glauben. Natürlich nicht, aber hätte ich doch nur einen Zug früher genommen!

Ich setze mich hinein, nachdem ich hinaufgestiegen bin, die zwei Stufen, schwinge mich so richtig auf den Sitz hinter dem Steuerrad. Bin ja jetzt länger nicht gefahren. Sie haben nichts festgestellt, nichts Unnatürliches, definitiv. Das ist auch gut so für Bernie. Ein schönes Ende. Ich streichle das fast waagrecht stehende Lenkrad. Es ist glänzend und alles riecht noch immer ganz neu und nach Plastik, wie am ersten Tag. Bernie hatte seine Freude, seine wahnsinnige Freude an dem Wagen, mein Burschi.

Osama Ostkreuz

Mein Osama gleitet pünktlich die Rolltreppe aus dem Untergrund herauf zur Mariensäule ins Freie, in der Linken einen kleinen silbernen Metallkoffer, und raunt mir sofort ins Ohr, dass er geradewegs aus seinem Versteck in »München - Westkreuz« komme und keineswegs aus den Höhlen von Tora Bora. Westkreuz, Hochhaus, neunter Stock, das kann man nicht erfinden, das macht ihn sofort absolut authentisch.

Wir sind zu einem Interview verabredet. Casting, wenn man so will, für meine Talkshow »Cool nach neun«. Suchen ständig nach Außenseitern, Politikern, Killern, Terroristen, ich hatte ihn endlich gefunden – wurde höchste Zeit! Bezahlen nicht schlecht. Privat-TV. Werbeblocks. Pauschal, cash, das mögen diese Leute, alle.

Osama hatte zurückgerufen, und wir fixierten das Vorgespräch auf vierzehn Uhr, Marienplatz. Er habe, sagt er gleich, für unsere Show eine kleine explosive Surprise. Sein Deutsch verblüfft. Sein Akzent ist charmant, eine Spur Französisch. Gute arabische Schule.

Zunächst nur Privates, Small Talk. Fast immer wenn die Presse ihn in Pakistan vermute, mit seinem Arzt und zwei weiteren Getreuen, wie üblich bei solchen Promis, stecke er in Wirklichkeit ganz allein in seiner Dreizimmerwohnung in München-Westkreuz, ein besseres Versteck sei gar nicht denkbar. Er genieße die Sicherheit in der Stadt, den felsgrauen, gepflegten Teppichboden, das moosgrün gekachelte Bad und den Regen, der bei Westwind und offener Balkontür ins Zimmer peitscht, wohltuend und kühl, nach der Hitze in Libyen, wo er Zwischenstation gemacht hat, bei seinem alten Freund Muhamad. Vor allem aber diese unglaublich niedrige Kriminalitätsrate hier, Bayern, sehr erholsam!

Bin Laden sieht frisch aus und friedlich, was selbstverständlich auch Bedingung für unsere Einladung ist. Finsteres Kalaschnikow-Face kommt nicht infrage. Der von scharfen Mordbefehlen etwas schmale Mund wirkt entspannt und formuliert lustvoll Sätze wie »Westkreuz ist Einsamkeit, Weite, Anonymität und Frieden: alles, was ein Krieger braucht.« Und den Blick auf die Berge, natürlich, der Wendelstein in der Ferne. Einen Fernseher, sonst habe er nichts im Zimmer. Und die Plastikpalme auf dem Balkon, einsachtzig hoch mit einem saftig grünen Wuschelkopf, Erinnerung an seine arabische Heimat.

»Wir werden«, flüstert der Al-Qaida-Chef und sieht sich gehetzt um, »dies alles hier bald übernehmen – vielleicht schon übermorgen«, und ich sehe, dass plötzlich etwas Ungesundes in seinem rechten Auge vibriert. Wie alte Freunde schlendern wir dann nebeneinander durch den Lebensmittelmarkt eines Kaufhauses zu Füßen der Heiligen Maria auf ihrer Säule, und Osama, glatt rasiert und mit roter Baseballkappe, schiebt locker den Drahtwagen, in dem er das blitzende Köfferchen deponiert hat. Sein linkes Auge, wenn er nach der Erdbeermarmelade greift, hat etwas vom frühen Klaus Kinski, als der sich für Jesus hielt, dann stellt er sie wieder zurück und flüstert, mehr zur Konfitüre als zu mir: »Dieses Versteck dort brauchen wir nicht mehr lange.« Er legt eine Dose Cola und drei Pack »West« in den Wagen.

»Wir werden Westkreuz sofort in ›Ostmond‹ umbenennen, und es wird der östlichste Vorort des neu erbauten München sein, das sich – ruckzuck, wie ihr sagt – bis Augsburg erstrecken soll, während das alte korrupte katholische München« – eine schneidende Geste mit der flachen Hand durch die Luft – »finito, leider, leider.« Sein braun gegerbtes Gesicht schnurrt für einen Moment zu einem zerfurchten Semmelknödel zusammen und eine Krokodilsträne glitzert über seinem rechten Nasenflügel. »Es sei denn, mein Ultimatum wird erfüllt, restlos!« – »Ültimatüm« sagt er, »erfühllt« sagt er.

»Wo haben Sie das Ultimatum, Osama? Wie sieht es aus?«

»Nenne nie mehr meinen Namen, hörst du?«, sagt es ganz weich, fast zärtlich, leise und brutal zu mir. »Ich habe sie hier drinnen«, schaut mich an, sein Blick flackert, ist wie Lagerfeuer, »La Bombe, verstehen?«

Er zeigt auf den silbern glänzenden Metallkoffer, den er zu Beginn unseres Gesprächs unauffällig unter seinen Stuhl gestellt hat. Wir haben uns inzwischen an einen der gedeckten Tische draußen vor dem bekannten Traditionslokal am Marienplatz gesetzt, und der Terrorchef lenkt das Gespräch wieder ins harmlos Persönliche. Er hat offenbar eine Schwäche für Nürnberger mit Kraut und für Allah, dessen verlängerter Arm er sei, sein Werkzeug.

»Ach, apropos Allah«, sage ich, »was haben Sie eigentlich mit der Bombe vor, so ganz konkret?« Osama lässt ein feines Lächeln sehen, so fein, dass die Gläser beinahe anfangen, zu singen und flüstert: »Plutonium«, Pause, »fünf Gramm.« Pause. »Reichen für München, compris? Überzeug dich selbst, nimm sie.«

Ich zögere. Er nimmt den Koffer und lässt ihn kurz und hart auf dem Boden aufschlagen, Bleimantel, denke ich, hoffentlich zehn Zentimeter, denke ich, Schweißausbruch, trockener Mund.

»Kannst du öffnen. Heute kein Zünder, harmlos«, damit schiebt er das Köfferchen mit einem Fuß zu mir herüber, unter meinen Stuhl. Es ist nicht zu hören, das berüchtigte Ticken des Zeitzünders. Nur das Surren der Kameras japanischer Touristen, die das Rathaus filmen, nebenan. Ich hebe den Koffer leicht an, er ist schwer wie eine Bücherkiste. Natürlich öffne ich ihn nicht.

»Behalte ihn für die Talkshow, Wolf. Ich habe genug davon, von dem Zeug. Wir wollen ja vorerst nur München ausradieren. München hat es längst verdient.« Er lacht, ziemlich lang.

»Was wäre die Alternative?«, frage ich den Araber.

»Allah.«

»Haben Sie's etwas konkreter?«

»Allah ist groß! An drei Tagen in den Abendnachrichten werdet ihr hintereinander jeweils ein Liebesgedicht von mir rezitieren, nachdem ihr zu Allah gebetet habt – andernfalls« – wieder diese Geste mit der flachen Hand, waagrecht, ein Schnitt – »tout fini«.

»Osama ein großer Poet?«, flüstere ich und erschrecke – aber diesmal überhört er die verfemte Namensnennung zum Glück, die Erwähnung seiner Gedichte stimmt ihn offenbar milde.

»Was sonst, mon chér – genau wie mein berühmter libyscher Freund Muammar al-Gaddafi. Ich gebe dir meine wunderbaren poèmes live auf Sendung, mon chér Wolf.«

»Also schön, mein Gott ja, warum nicht, darüber lässt sich schon reden – mein Chef liebt Lyrik über alles, und die Sache mit Allah, naja – also um sieben im Sender. Seien Sie pünktlich. Wegen der Maske!«

»Apropos Sender, wie viel Gage zahlst du? Wie viel hast du dabei, mon chér?« Er fummelt mit der Rechten an seiner Nase.

»Zehn«, sage ich. »Mille.«

»Fünfzehn«, sagt er.

Ich nicke. Bin weit Härteres gewohnt. »Fünf sofort, den Rest nach der Show.«

Ich schiebe zehn rosa Fünfhunderteuroscheine über den Tisch und sehe, dass der Kellner uns beobachtet, grinst. Osama nimmt das knisternde Papier, rollt es und steckt die Scheine in einen abgegriffenen Tabakbeutel, der unter seinem brutalen Kinn um den Hals baumelt. Dann versiegelt er sein Gesicht sorgfältig mit den fingerdicken Gläsern einer Sonnenbrille, das Visier einer schweren Rüstung, steht ohne ein weiteres Wort auf, geht grußlos und entgleitet auf der Rolltreppe abwärts wieder meinen Augen.

»Alles zusammen?« Mit routiniertem Blick mustert der Kellner den silbernen Koffer unter meinem Stuhl. »Nicht echt«, sagt er, »der Ali ist nicht echt. Wissen Sie, es ist nämlich so ...« Er setzt sich zu mir, wirft seine weiße, etwas schmuddelige Kellnerserviette über die rechte Schulter. »Der war vor zehn Tagen schon mal hier, mit einem vom ZDF.«

»Okay«, sage ich, »spielt keine Rolle, wir ziehen das durch für Privat-TV. Die Nürnberger und das Bier, alles zusammen. Im Übrigen«, sage ich, »bitte mit Bewirtungsbeleg.«

Chapeau!

Alles war umsonst, wenn sie jetzt wegbleibt, ich verliere völlig den Boden da, unter meinen Füßen, ich rutsche, ich spüre, wie. Ich habe alles, Gefühle, Verstand, Beruf, Finanzen auf ihr errichtet, ich habe kein zweites Konzept, Doktor, keine zweite Lebensvariante, das ist alles Unsinn mit dieser Wahlfreiheit. Sabine wird verschwunden bleiben, dann bin ich fertig, einfach verschwunden, nicht einmal tot, völlig im Ungewissen. Völlig und ewig Nacht, das darf nicht sein, Doktor. Sabine wird sich nicht mehr melden, ist selbst gegangen oder verschleppt, ermordet, was weiß ich, ich hatte sie doch schon eingekreist, wenn sie doch noch kommt. Vor der Schule wird meine Falle zuschnappen, sonst verliere ich meinen Job, ich muss sie überführen. Ich bin zu neunundneunzig Prozent sicher, dass sie es war, Doktor, nicht die andere, und wenn ich sie jetzt verschone, glaubt man mir nichts mehr, man hält mich für einen Mitwisser oder Mittäter, es ist alles verloren, dabei weiß ich nicht einmal, wer sie ist, ich kenne sie nicht, Sabine, meine Frau. Wir hatten Sex, wir hatten Urlaubsreisen, Spaziergänge, Frühstücke, aber kennen? Ich hab das immer verschoben, das Kennenlernen, ich hatte vielleicht Angst davor. Jetzt höre ich ständig den Schlüssel im Schloss, auch hier, bei Ihnen, sie kommt wieder, wurde sie von jemand anderem verschleppt, ermordet, oder nicht? Ist sie meine gesuchte Mörderin? Ich bin sicher, fast ganz sicher, ach, Doc, Doc, Doc!

Inspektor M. ist bekannt dafür, dass er Mordfälle niemals aufklärt, seit Jahren keinen einzigen Täter mehr überführt, keinen Mörder gefunden hat. Er ist unfähig, möglich, hat aber auch Pech. Das hat man »oben« erkannt. Man lässt ihn. Auch Versager werden staatlich wohl behütet. Ein Zeuge stirbt plötzlich, die entscheidenden Fotos und Dokumente vergilben in der wochenlangen Hitze der Mittagssonne seines Büros oder fliehen mit dem Wind hinaus aufs offene Meer, als er die Akten mitnimmt auf seine Urlaubsinsel, der herrliche Süden, um dort

weiter zu arbeiten. Oder die Mordwaffe ist nicht mehr auffind-
bar – noch letzte Woche lag sie in der ewigen Dämmerung der
Asservatenkammer, jetzt verschwunden und keine Spur. Moosburger, so sein Name, ist seit Jahren nicht mehr befördert worden, aber er sieht gut aus. Wäre telegen, wenn er nur mal vor
die Kamera käme! Markantes Gesicht, breite Schulter, muskulöse, schlanke Hände und eine sehr sonore Stimme. Vielen Menschen genügt das. Er reicht kein Beförderungsgesuch mehr ein,
intrigiert nicht gegen Kollegen, er ist dieser Spiele mit seinen
fünfundfünfzig Jahren einfach müde. Rein äußerlich betrachtet
wäre er eine Mischung aus George Clooney und Giovanni di Lo-
renzo, weshalb die Kollegen ihn gern »Giovanni« rufen. Er
heißt aber »Hans«. Hans Moosburger hat eine Chefin über sich,
die ihn mit Wohlwollen betrachtet, wenn er in der Polizeikanti-
ne an ihr vorbeigeht. Da schleicht er meist, leicht gebückt, das
Tablett in den Händen, Kässpatzen mit Salat, oder so. Früher
waren sie mal gleichrangige Kollegen, aber sie ist an ihm »vor-
beigezogen«. Sie ist jünger als er. Er hat sie damals angelernt,
gute zehn Jahre her oder fünfzehn. »Hey, Schönheit«, flüstert
sie zum Beispiel im Vorbeigehen, sie lächelt. »Du hast gestern
deine Handschellen bei mir liegen lassen«, dann geht sie ein
paar Schritte und dreht sich um, »kannst sie nachher abholen.«
»Gern, Gnädigste«, antwortet er dann zum Beispiel.

Aber beginnen wir mit seiner aktuellen Causa. Alles vorhanden:
Leiche, Motiv, Tatwaffe – zwei Frauen unter Verdacht. Alles also, was wir gewohnt sind, was wir brauchen! Beide, so könnte
man sagen, akut verdächtig wegen männlichem Opfer, Erbschaft, Eifersucht, ein Haus mit sattem Grundstück im teuren
Westen der Stadt, Motiv Millionenwerte, also bitte, warum
schlägt er nicht zu, der Moosburger? Er macht alle Kollegen
ganz nervös, umkreist die Verdächtigen wochenlang, er verhaf-
tet niemanden!
   Noch ein Fakt: Moosburger führt täglich ein bis zwei lange
Telefongespräche »mit Bremen«, wie sie sagen im Dezernat.
Und Bremen bedeutet: mit seiner Mutter. Es klingelt, und er
nimmt ab, und dann hören die Kollegen, es ist ja ein Großraum-
büro, wie er abhebt und zusammensackt, mit der Schulter
bauchwärts sackt, man hört es richtig und sagt, »Mammilein,

du bist es! Moment mal, grad geht es nicht, ich rufe dich gleich zurück, nein, wirklich, aber ich verspreche es dir doch. In zehn Minuten. Ja, gestern! Nein, ich hab's nicht vergessen, Mammi, bitte versteh mich doch, ja, dein Arzt, der Leberwert, das kenne ich ja«, und so geht es weiter.

Das Problem für M. scheint zu sein, und deshalb kommt es zu keiner Festnahme, dass es nur eine der beiden Damen aus seinem neuen Fall gewesen sein kann, keineswegs beide, denn ein kollusives Spiel scheidet absolut aus. Und jede ist gleichermaßen verdächtig! Wenn er bei dieser Aktenlage zum Staatsanwalt geht und der zum Richter, wird der bereits die Erhebung der Anklage ablehnen, das ist M. klar, auch das hatte er schon mal, das berühmte Problem der »Wahlfeststellung« zwischen zwei gleich verdächtigen Tätern, von denen es nur einer gewesen sein kann. Dann gelten beide als unschuldig, also muss er versuchen, eine der beiden Frauen auszuschließen, eine mühselige Kleinstarbeit, die noch Wochen dauern kann, die eine hat er schon befragt, die andere, naja, eingekreist, immerhin. DNA-Abgleich, Spuren, Alibi, Handyanrufe, Bekanntenkreis. Derartige Schweißarbeit würde Moosburger gerne delegieren. Hat aber niemanden unter sich. Er ist die Endstation.

Man will ja den Leser nicht langweilen mit der Schilderung von Taten, Opfern, Leichen, dieses déjà vu, déjà lu – also gut, aber die Morgue muss erwähnt werden, diese Kühlkammer des Schreckens, diese Eishöhle der eingefrorenen Gefühle, schlanke Schubladen, auf denen man die Toten herauszieht wie Schweinekoteletts aus riesigen Eiskommoden. Sie schweben auf Rollen, schwerelos, und dann hat man – im nächsten Augenblick – das bleiche, schwammige Opfer vor sich, die Plastikdecke wird zurückgeschlagen, der Pathologe verweist auf die Einschusswunde im Nacken, hebt den Kopf leicht hoch, dreht ihn. Was ist mit der Seele, auch gefroren? Möchte M. fragen, zu welcher Philosophie neigen Sie, Doktor Schneeberger? Der Pathologe hat zur Seele keine Meinung. Kann er sich gar nicht leisten, dann kämen Wanderung oder Auferstehung als nächste Themen, uferlos! Projektil im Kopfinneren »vorgefunden« und noch nicht »entnommen«. Schädel zerlegt und provisorisch zusammengefügt, »mit der Pinzette von unten einfach nicht range-

kommen«, der Arzt nimmt die Pinzette und deutet diese boh-
rende Bewegung kurz an, mit der er versucht hat, vom Nacken
aus die Revolverkugel aus dem Hinterkopf heraus zu fummeln,
zu pulen. Kennen wir alles längst!

Eines späten Nachmittags, nach Hause strebend von der Arbeit, mit schwerem Kopf, fand M. direkt vor der Haustür seines
grün-bleichen Reihenhauses, das noch lange nicht abbezahlt
war, einen großen schwarzen Vogel, tot. Er lag auf dem Rücken
und seine einstmals so flinken Knopfäuglein starrten ihn an. M.
beugte sich über das Tier, und das riss ihn aus den Gedanken
an seine wohlgeformte Chefin und warf ihn auf den alten Grie-
chen, Platons Schüler, der das Leben als endlosen Kreislauf sah
und die menschliche Seele als Teil der Weltseele, nach dem To-
de dorthin zurückkehrend. Mit zwei Fingern nahm er die stei-
fen Füße des Vogels, hob ihn hoch und legte ihn vorsichtig in
einen Blumentrog. Die Philosophie war seit Jahrhunderten
nicht recht weiter gekommen in der Causa Seele, das nervte erheblich! Die Tierseele sollte mit dem Körper sterben, meinte der
alte Mazedonier. Aber M. spürte, dass die Seele dieses schwarzen Vogels noch lebte, sie verfolgte ihn, den Inspektor. Oder sie
saß auf seiner Schulter. Die Haustür sperrte schwer, dann
klemmte sie, als würde sich jemand von innen dagegenstem-
men. Sabine war nicht zu Hause, ein Briefkuvert auf dem Kü-
chentisch, an ihn adressiert, aber leer. Es roch, es roch – ja genau, das ist es, was den Fernsehkrimis fehlt, verdammt, es roch
nach irgendwas.

Er ging sofort ins gemeinsame Schlafzimmer, rief »Sabine«,
ganz die traditionelle Variante, Küche, Wohnzimmer, Schlafzimmer, alles noch nicht abbezahlt, schaute in den Schrank, der
große Koffer war weg, auf dem weißen Teppich Tropfen Blut,
vermutlich, rot jedenfalls, er hörte, wie die Vogelseele krächz-
te, Sabines Kleider fehlten, ihr Täschchen mit Puder und
Schminkkram und einige Schuhe. Er rief sie an, hörte den Han-
dyklingelton unterm Bett, Schuberts Unvollendete, bückte sich,
nahm das kleine, alte, wimmernde schwarze Plastikding an sich
und beendete den Kontakt. Ihre Höschen lagen auf dem Bett
verstreut, massenhaft.

Das war nicht gut, dass das Verbrechen jetzt doch nach ihm
persönlich greifen wollte, nach seinem Herzen, das Böse, das

Blut. Das hatte er vermeiden wollen, unbedingt und immer. In seiner Wohnung, hier, in seinem Bett. Er wusste, dass er Fehler gemacht hatte, bei der Ermittlung, betreffend diese zweite Täterin. Spuren konnten in sein Haus führen, das wollte er nicht wissen, in sein Schlafzimmer. Es gibt manchmal Spuren, die du nicht sehen willst. Moosburger beugte sich hinunter, kniete sich auf den Teppich, befeuchtete seinen Daumen und Zeigefinger und rieb an den roten Flecken, leckte dann mit der Zunge den Finger ab, ja, es war Blut. Er öffnete den leichten Chianti, der in der Küche stand, nahm einen schweren Schluck direkt aus der Flasche und warf sich auf die schwarze Couch mit blauen Kissen, er war magisch angezogen vom Rot, von dieser dunklen süffigen Farbe, von diesem Hämoglobin, das warf ihn auf die Couch, das traf ihn: Sabine! Den Inspektor Hans Moosburger wie ein Schlag mit schwerer Keule.

M. oder nennen wir ihn ruhig weiter »Moosburger« – es ist ohnehin nicht sein wirklicher Name, ich darf Ihnen seinen Namen nicht verraten – kommt nach kurzer telefonischer Anmeldung zu mir herein, ein anderer Klient ist mir ausgefallen, ich konnte M. also einschieben, ich sage »Jean« zu ihm, dem ehemals »abgebrochenen« Romanistikstudenten, ja, das kam in diesem Bericht bisher nicht vor, den ich zu schreiben habe, da gibt es eine ganze Dimension, die nicht vorkommt, er legt sich ohne jeden Gruß, wortlos sofort auf meine Liege, behält die Schuhe an. Ich nenne ihn Jean, da er sich mit diesem Namen hier vorgestellt hat. Wolle anonym bleiben. Wir machen eine Therapie, Jean. Dreißig bis siebzig Stunden müssen Sie schon investieren. Sie spüren den schwarzen, großen Vogel auf Ihrer Schulter sitzen, ja? Kann sein, Ihre Kasse zahlt, kann sein, dass nicht. Sie erzählen mir alles, Sie haben also das Blut, Dutzende von Schlüpfern Ihrer Frau Sabine auf dem Bett gefunden, dem gemeinsamen Bett und sind dann auf der Couch bei Rotwein eingeschlafen? Sie wissen, morgen beginnt der Schulbetrieb wieder, da muss sie präsent sein, sie ist Lehrerin, da würde sie niemals fehlen wollen, oder? Stimmt das bis dahin? Sie wollen sich vor der Schule auf die Lauer? Ein Gymnasium? Sie vermuten etwas Schlimmes? Eine Waffe, geladen, gegen Sie? Angst? Sie hören das Krächzen der Vogelseele, immer, egal, was Sie mir sagen, Sie können mir das Fürchterlichste sagen. Bitte, Jean.

M. stand im Flur der Wohnung, es war Freitagabend, alles dunkel, hatte absichtlich kein Licht gemacht, die Küchentür offen, fahles Licht von der Straße, ein Wimmern aus dem Wohnzimmer, schnell und durchdringend, der Hund! Sie hatte urplötzlich auf einem großen Hund bestanden vor acht Jahren, einem Hütehund, als unser Kind, die Gitt, aus dem Haus war, musste ein Hund her, blondes Fell, ein muskulöses Hütetier, das sie in diese Beziehung hineinriss. Zwischen sich und ihn.

M. wusste sofort, dass etwas Furchtbares passiert sein musste, wagte es nicht, die Wohnzimmertür zu öffnen, floh, rannte, ahnte, dass sie, seine Sabine, dahinter liegen konnte, musste, hinter dieser Tür, hörte die Stimme des schweren schwarzen Vogels, ein wissendes Krächzen, rannte hinaus auf die abendlich belebte Straße. Er hatte die Schlinge schon zu eng um sie gelegt, um Sabines Hals, sie musste es gemerkt haben, er wollte unbedingt diesen Erfolg, er war gezwungen zu diesem ersten großen Fang nach vielen Jahren! Die Chefin würde ihn knapp auf den Mund küssen, Anerkennung, Giovanni, die eigene Frau, ein verdammtes, ein starkes Stück, Hans Moosburger, Chapeau, Lächeln! Nein, ich will den Fall nicht klären! Er schluchzt.

Aber, Jean, du bietest mir hier zwei verschiedene Storys an, was soll das, sag mir endlich, was Sache ist, Täter oder Opfer, jagst du sie oder flüchtest du, was soll ich glauben, ja bitte, was soll das! Du bist doch hier kein Opfer, therapiebedürftig, du hast den Fall doch gelöst, beinahe jedenfalls!

Er, Moosburger, hob nur die Schultern, wortlos, wandte sich zum Ausgang, holzschwer und ohne Gefühl, er drehte sich um in der bereits offenen Tür wie ein Schlüssel im Schloss, lächelte und murmelte, nein, murrte, ach übrigens, Doc, da ist noch eine Kleinigkeit, die ich Sie fragen wollte, Doc. Wo, mal ganz ehrlich und ohne Scheiß, waren Sie eigentlich vergangenen Freitag, also Freitag letzter Woche zwischen neun und elf Uhr abends? Erinnern Sie sich?

Atmen

In einer Zeitungsnotiz der Rubrik »Panorama« hatte Luisa, eine Frau in den besten Jahren, eines Tages im Winter gefunden, dass eine etwas jüngere Frau ihren Mann, die beiden Kinder und den Hund, auf schrecklichste Weise – aber bei sich selbst gescheitert war. Oder an sich selbst. Es hatte sie furchtbar gefroren, als sie das in der Zeitung las, neben ihrem Mann im breiten Bett sitzend und die Zeitung lesend, eine kleine gebogene Lampe gab das Licht. Ein Stachel aus Eis! Erst nach und nach wurde ihr wieder etwas wärmer. Und draußen, eine Idee heller. Ein neuer Tag sollte kommen, wieder.

Sie lauschte den Atemzügen ihres Mannes, der neben ihr lag und schlief. Seit vielen Jahren Nacht um Nacht neben ihr lag und schlief und atmete, leise ein- und geräuschvoll ausatmete, so von sich selbst überzeugt, so selbstverständlich mit seinen Lungen diesen Grundrhythmus schlug, so leicht und von ihm selbst nicht wahrgenommen, nicht einmal gewollt, während sie lauschte und die Zeitung laut raschelnd weglegte. Eine Rücksicht auf den Schlaf des Mannes war dabei nicht geboten, denn sie wusste, dass ihn das nicht störte, dass sein tiefer Schlaf und sein ebenso tiefes motorisches Atmen darüber hinweggehen würden, über das Knistern der wortreichen, plappernden, von Worten vollkommen überfließenden Zeitung. Was sie in der Zeitung las, oder nicht las, dieses Atmen war unbegreiflich. Der Mann atmete ein und aus, unaufhörlich, während sie wach lag neben ihm, oder las neben ihm und saß. Sein Herzmotor bestimmte den Verlauf ihrer Nacht. Jeder ihrer Nächte. Sie sah es nicht, sie roch es nicht, es war lediglich das leise Geräusch, das er machte, das An- und Einsaugen von Luft durch die Nase und das etwas geräuschvollere Ausstoßen wenige Sekunden später durch den Mund, das Flattern der Lippen, kein Schnarchen, nein, das nicht; das konnte endlos gehen, endlos so weitergehen, noch viele Jahre, das war Geborgensein, Gewohntes, Nest.

Sie wünschte so innig, dass er weiter atmete, immer und immer weiter, dass es nie ein Ende nehmen würde und bei ihr selbst auch, das Atmen, das eigene, flache, nahezu und unvorstellbar Nötige, das sie kaum wahrnahm. Sie fühlte, während sie seinen Atemzügen lauschte, innigste Liebe zu diesem männlichen Wesen neben ihr, eine tiefe, wie ihr schien unzerbrechliche, durch nichts und niemanden zerstörbare Zuneigung, wie schon seit so vielen Jahren, gespeist von unbegreiflichen Kräften, die aus einem unterirdischen Körperbergwerk stammen mussten, die unerschöpflich schienen, ein dunkler, unergründeter Quell, jahrein, jahraus, wie man so sagt, die Liebe.

Und jetzt, nur kurz, ja, nur einen Augen-Blick, nachdem sie die Zeitung mit dieser alltäglichen, flachen und, wie es immer heißt, völlig normalen Notiz beiseitegelegt hatte, fand sie dieses Atmen ihres Mannes, ihrer Lebensliebe mit einem Mal unerträglich, dieses ständige Einatmen, Ausatmen, ein und aus, während sie bald wieder wach liegen würde, im selben Bett, wach direkt neben ihm, der schlief. Ganz plötzlich und von einem Moment auf den anderen, als hätte sie nur all diese Jahre auf eine gewisse, ganz kurze und vollkommen unnötige Zeitungsnotiz gewartet, wünschte sie, dass das sofort und auf der Stelle aufhörte, dass dieses ganze primitive, sinnlose Atmen, diese unendliche, qualvolle Wiederholung, dieses stupide Ein und Aus, diese schrecklichste, erschreckende Immerwieder, dass das aufhören musste, sehr bald, sicher in ungewisser Zeit, aber mit absoluter Sicherheit, das musste endlich enden. Mit einem Mal: Sie spürte Freiheit. Das wollte sie Freiheit nennen, etwas ganz Neues. Das wollte sie in die Hand nehmen, das wollte sie, das durfte sie beenden. Aber nicht durch Flucht, nicht durch Aufgabe. Es musste eine andere Lösung geben.

Das war ja nicht »friedlich«, wie es immer wieder hieß, in belanglosen Romanen oder Berichten, oder »unschuldig«, wie er da lag und schlief. Das war unerhört, aggressiv, das war unverschämt, männlich, präpotent-provozierend; er lag und atmete ohne Rücksicht, gesund, vital, als gäbe es sie gar nicht, die Liebende, die seit Jahren wachende Frau. Diese absolute Gleichgültigkeit des Schlafenden ihr gegenüber, Lieblosigkeit – doch noch nie so klar empfunden wie in diesem Augenblick, als er atmete und von draußen das dumpfe Schlagen der Kirchenglocken sie nahezu vollständig und zusätzlich peinigend niederdrückte, beinahe erdrückte, hätte sie sich nicht rechtzeitig und im letzten Moment von der Bettdecke befreit.

Da kannte sie plötzlich die Lösung. Nichts würde sie hindern können. Es musste nicht heute sein oder morgen, aber die Tatsache, dass sie ganz allein sich befreien konnte, gab ihr unendlichen Mut, schenkte ihr Freiheit und Glück. Zur Liebe dazu, als Sahne, Zucker oder so, zum Kaffee.

Sie warf die Decke zur Seite und stand auf. Sieben Uhr dreißig schon, ein Sonntag. Eine gleißende, noch ganz und gar eisige Februarsonne stand beobachtend, seit ewigen Zeiten schon eingefroren vor dem Haus in der Vorortidylle einer Großstadt, auf den vom Reif zitternden Feldern, an deren Rand sie wohnten, und sie hörte, aus dem Fenster blickend, wie jeden Sonntagmorgen die dunklen Glocken der nahen Kirche, Morgenmesse.

Dann, viel später rührte sie eine Etage tiefer gründlich, blicklos und verloren im Zucker, im schwarzen Kaffee. Man hatte, so stand es in der Notiz der Zeitung, kein Blut gefunden. Man wusste nicht, wie es geschehen war. Die Frau und einzig Verdächtige sagte kein Wort.

Schuften

Eine Hose aus Gold

Die Prothetik, Herr Kollege, die Prothetik bringt natürlich ein Vielfaches. Dieser Zahn zum Beispiel, hier auf dem Foto, wenn Sie den nur füllen, rechnen Sie sehr nette siebzig oder achtzig Euro ab beim Kassenpatienten und sind nach einem halben Jahr pleite, wenn Sie so weiter plänkeln! Mit Füllungen wie vor fünfundzwanzig Jahren werden Sie es nie zu einem gesunden, und das heißt, erfolgreichen Zahnarzt bringen, niemals, denken Sie daran. Gerade hier auf dem Land – und Sie haben sich ja nicht zufällig hier bei mir, hier draußen beworben, oder? Hier wollen die Menschen keine Füllungen mehr, grundsätzlich keine Füllungen, verstanden? Und bitte, Sie müssen den ganzen Menschen sehen, immer den ganzen Patienten! Nicht nur seine Zähne.

Am Hasenbergl in München, zum Beispiel, ja, Sie wollten doch auch zuerst dorthin gehen, oder Untergiesing, ja, gut. Hasenbergl bedeutet Amalgam – und Billigmedizin. Deggendorf hier, das heißt Gold, Gold- und Keramikmedizin. In der Großstadt holen Sie sich noch dazu garantiert AIDS, Herr Kollege, die Leute dort sind ahnungslos und promisk wie im Dschungel, mein Lieber, das wissen Sie ja selbst. Schaun Sie, Sie diffundieren ja mit dem Bohrer, wenn Sie auch nur einen Millimeter abrutschen, die Mikropartikel des Blutes, der ganze Dreck wirbelt dann durch die Luft, und welcher Kollege wäre noch nie abgerutscht, jeder rutscht doch mal ab! Wir Zahnärzte leben ja nicht ungefährlich. Wenn Sie nicht von Anfang an mit Vollmaske arbeiten, haben Sie das Virus doch schon im Auge, an der Bindehaut, auf den Lippen, afrikanische Bedingungen, wie gesagt, Dschungel.

Hier draußen dagegen, kurz hinter Deggendorf, auf dem Land, im Wald, wie wir sagen, absolut katholische Bedingungen! Und das heißt, Sie haben eine echte Überlebenschance. Vor allem: Nehmen Sie kein Amalgam, nichts Billiges, die Menschen hier zahlen doch gern drauf. Auf dem Lande nur das Beste, kann ich nur sagen. Die Leute wollen sich zeigen: Kronen, Brücken, Implantate, Gold!

Sie können also etwa diesen Einsfünf, sehen Sie mal, hier oben rechts – die Leute sind ja durch und durch kariös verseucht hier bei uns – elegant überkronen und seinen Nachbarn gleich mit. Vorbeugen ist besser als heilen, mein Lieber, kein Vergleich übrigens mit dem Hasenbergl, wo schon die Schulkinder durch diese inhumanen Reihenuntersuchungen für die spätere Kariesbehandlung verloren gehen, Spaß beiseite: hier bei uns dagegen: Massenhaft kariös zerfallendes, parodontöses Material, wunderbar.

Und die Leute sagen zu mir immer, Herr Doktor, zum Mercedes-Diesel, sagen die zu mir, gehört einfach auch ein strahlendes Gebiss. Auch wenn es in vielen Fällen – in den allermeisten, genau besehen – eigentlich längst zu spät ist, auch mit einer kunstvollen Brücke nichts mehr zu retten ist, ja, leider. In drei, vier Jahren, fällt alles raus, aber es zählt doch jeder Tag des Glücks, nicht war, und außerdem. – Na ja, außerdem bin ich quasi der einzige Zahnarzt in diesem Nest, ehrlich gesagt, denn der eine Konkurrent ist schwerer Alkoholiker und der andere schon absolut tattrig, so muss ich alles nehmen, was kommt, alles! Und ich brauche Sie dringend als Assistenten, schaffe es kaum noch allein!

Füllen Sie diesen Zahn nicht, sondern schleifen Sie ihn zusammen mit dem gesunden Nachbarn schön runter, machen ein Provisorium, dann eine hübsche Krone über alles, das ist solide Waldarbeit und bringt das Neunfache einer Hasenberglfüllung – es sei denn, Sie bevorzugen Inlays – auch haltbar, auch gesund, bitte, wenn Sie wollen.

Die Leute hier kümmern sich ja erst mal vierzig Jahre lang um nichts, also um rein gar nichts. Ich sage Ihnen, ich habe hier Gebisse gesehen, das glauben Sie gar nicht! Genau wie bei den Aussiedlern, die wir jetzt hier haben, Wolgadeutsche, glaube ich. Wir haben jetzt vierhundertfünfzig Wolgadeutsche herbekommen, unten am Fluss in den Baracken. Man hat wohl gedacht, Wolga ist Donau – okay, das ist Politik, aber auch der

Wolgadeutsche ist nur ein Mensch. Machen Sie ihm klar, für eine kleine Zuzahlung zum Kassenzahn hat er Halt fürs ganze Leben. Und den will er, den braucht er!

Vorsorge? Bei siebentausend Bewohnern im Ort, das macht praktisch zweihunderttausend Zähne, wie soll ich da Vorsorge betreiben – die Kinder, die Bauern, die Frauen. Die Wolgadeutschen – haben Sie einmal einem Wolgadeutschen in den Mund geschaut? Ich habe im letzten Jahr gerade mal dreihundert Kronen geschafft, hundertfünfzig Prothesen, Sie können sich ausrechnen, in wie vielen Jahren das ganze Nest auch nur einmal durchsaniert ist. Und Gold ist allemal besser als Natur. Tausenddreihundert Punkte zu elf Cent rechnen Sie beim Kassenpatienten ab, bei anderen dreieinhalb mal so viel, dazu noch eine kleine Aufbaufüllung, ein Provisorium, das lohnt sich doch in ein, zwei Stunden, und der Patient strahlt wieder und ist vor Karies sicher. Das sitzt einfach wie eine Hose aus Gold auf dem Zahn, bombenfest, müssen Sie dem Patienten sagen und vor allem: Er ist dann wieder kerngesund! Ja, und Sie auch!

Treibstoff null

Nur noch sieben Kilometer musste er fahren, mein Freund Leander, bis zum Intendanten. Ein entscheidender Termin. Und ein Frühsommersonntagnachmittag, die Autobahn kurz vor der Stadt, glückliche Familien, strahlende Limousinen, sechzehn Uhr dreißig, keine hielt an. Der Föhn herrschte, und nach einem endlosen Winter dürstete alles nach offenen Cabriolets und Sonnencreme, und er musste diesen Termin mit dem Intendanten einfach schaffen. Das war entscheidend für seine Zukunft. Nichts anderes zählte als dieses Treffen. Er habe gewunken, mit Daumen und Händen, nichts zu machen. Er habe noch nie viel von Familie gehalten, Keimzelle und so weiter, »kannst du vergessen«, leise, diskret, hatte er den Wagen auf dem Seitenstreifen ausrollen lassen, der Tankanzeiger stand auf null; sechzehn fünfunddreißig, er sei raus und habe versucht, eine dieser Familienkutschen anzuhalten.

»Normalerweise, Eugen«, so Leander zu mir, im weißen Hirschen bei einem dunklen Weißbier, »normal hätte sie es locker bis ins Theater geschafft, meine schöne alte Kiste, Termin siebzehn Uhr dreißig, denn ich habe den Treibstoff immer berechnet, auf den Kilometer genau, verstehst du, den ›Treib-Stoff‹! Aber der Vergaser, das habe ich erst später realisiert, der Vergaser war falsch eingestellt. Das war Schicksal, natürlich. Ich habe doch keine Macke, wie Elsa jedes Mal sagt, wenn wir mit leerem Tank anhalten müssen, irgendwo in der Pampa – Selbstkastration, oder was glaubst du?«

Er habe, so Leander zu mir, zuerst die Verabredung mit Magnus Van Buyten, dem Halbgott, verschieben wollen, habe noch über Handy seine Nummer versucht, aber da ging gar nichts, kein Netz, habe dann – sechzehn Uhr fünfundvierzig – den leeren, roten Kanister aus dem Kofferraum gerissen und sei die Böschung hinauf geklettert. Grasbüschel, stachelige Sträucher, Brennnesseln; dort oben irgendwie Benzin organisieren! Er habe die Böschung bevorzugt vor dem vier oder fünf Kilometer langen Marsch entlang der Autobahn mit den Familien im Nacken. Die zurückströmten von ihrem Picknick- und Biergartenglück in die Stadt. In die Geborgenheit ihrer Dreieinhalbzimmerwohnungen mit Geranienbalkon. Er musste diesen steilen Hang hinauf, sechzehn Uhr fünfzig, das Risiko eingehen und dort oben sein Glück versuchen. »Einfach mal Glück haben, Eugen, verdammt, und diesen Termin doch noch retten.« Immer wieder hupten sie ihn von unten an. Er schaute zurück und sah, dass sie gafften. Kinder winkten. Er rutschte ab mit seinen glänzenden Sonntagsschuhen auf glatten Moosballen, kam mühsam voran. Verlor Zeit. Kam sich vor wie auf der Bühne. Aber in welchem Stück? Er wusste nicht, was dort oben kam. – Siebzehn Uhr fünf. – Tritt für Tritt bergauf sei ihm klar geworden, und jetzt kam er mit seinem Mund so nahe an mich heran, als wollte er mich einatmen, dass er den alles entscheidenden Termin mit Van Buyten, dem Intendanten, vergessen konnte. »Es wäre um meine Zukunft gegangen, Eugen, um den entscheidenden Sprung. Ich sollte den Carlos spielen«, aber er ahnte natürlich nicht, logo, konnte er ja wohl nicht ahnen, dass er dort oben, in den Gärten oberhalb der Böschung, »in den Gärten von Aranjuez«, wie ich witzigerweise sagte, aber es kam nicht so gut bei ihm an, dass also er da oben eine ganz andere tolle Rolle spielen sollte.

Dort oben erwarteten ihn zunächst mal – siebzehn Uhr zehn – schmucke Reihenhäuser, Einfamilienhäuschen, in deren Gärten Familien Steaks grillten, Pingpong spielten oder sich am Pool rekelten – Familien schon wieder.

»Gleich im zweiten oder dritten Garten sah ich sie alleine bei ihren Blumen stehen, Pfingstrosen, auch wieder so ne eklige Familiensache, verstehst du, Eugen – eine dunkelhaarige, oben gut gefütterte Schönheit in besten oder zumindest guten Jahren. Ich winkte mit dem Kanister über den Zaun zu ihr hin, und sie dachte wohl zuerst, ›was will der denn hier‹, aber dann habe sie sein gut geschnittenes Schauspielergesicht geprüft und seinen weniger gut geschnittenen Vorstellungsanzug und gesagt: ›Ach, Sie Ärmster. Das Benzin, das kenne ich. Kommen Sie doch herein.‹ Ich schaute also gar nicht erst aufs Namenschild am Gartentor – mein Gott, hätte ich es bloß getan –, sondern öffnete forsch und ging hinein und – siebzehn Uhr fünfzehn – auf sie zu.«

Es habe eine »wahnsinnige« Anziehung, gegeben, von der ersten Sekunde an, eine »attraction«, die sofort das rein karitativ benzinspendende Moment durchbrach. »Ich erklärte Böschung, Benzin, Notlage und so weiter, und sie meinte, das sei kein Problem, sie hätten immer mehrere volle Kanister für ihre drei Wagen, weil ihrem Mann das auch schon öfter passiert sei. ›Kommen Sie nur mit, das werden wir gleich haben. Mein Mann berechnet den Sprit immer exakt bis zum allerletzten Meter – falsch natürlich‹ – und wie sie dabei das Wort ›Sprit‹ ausspuckte und lächelte, sich zu mir umdrehte und lächelte – das hättest du sehen müssen, Eugen!«

»Siebzehn Uhr zwanzig«, sagte ich.

»Exakt«, sagte Leander, »exakt.« Er sah auf die Uhr.

Und hätte sie das Benzin gefunden, wäre alles noch in Ordnung gekommen, er wäre sofort losgerast ins Theater, siebzehn Uhr dreißig, aber sie fand diese verdammten Kanister nicht, und so sei er eben länger geblieben, habe sich in sein Schicksal ergeben – es war eben nichts mehr mit Don Carlos und er würde – siebzehn Uhr fünfundvierzig – eine weitere Saison nur in Nebenrollen, als Rosenkrantz, Güldenstern oder Herzog von Alba, aber ordentlich bezahlt am Staatstheater vertrödeln, glaubte er. Und irgendwann käme schon seine neue, große Chance.

»Hast du gedacht«, sagte ich zu Leander.

Sie verstanden sich »blind« bei einem Kännchen Kaffee mit massenhaft Sahne, wie Leander sagte, vor allem mit den Augen, die sie tief und tiefer ineinander versenkten, vor allem wenn sie schwiegen. Er habe ständig gehen wollen, aber sie verstrickte ihn immer wieder in neue Gespräche über Reisen und Reisepannen, leere Benzintanks und stundenlange Fußmärsche zu Tankstellen in der Sierra Nevada oder Südapulien, und irgendwie sei er dann ganz nahe bei ihr zu sitzen gekommen, auf ihrer Chaiselongue, sie habe das unbedingt so eng gewollt.

Leander wusste genau, wie er mich nervte mit seinen Frauenstorys. Er sträubte sich immer, zierte sich, die Frauen waren wahnsinnig scharf auf ihn, und er konnte sie beim besten Willen nicht abweisen und so weiter und so fort. Na jedenfalls sei er schon ziemlich außer Atem gewesen neben ihr, über ihr, achtzehn Uhr zehn, sie trug ein scharfes Parfum – eine Mischung aus Jasmin und irgendwas, und er musste sich immer den Blick auf die Pfingstrosen verkneifen auf die Dahlien und all dieses Grünzeugs, aber das Parfum wog schließlich alles auf.

Dann knirschte draußen, achtzehn fünfzehn, Kiesel unter breiten Reifen, noch hätte er sich blitzartig abseilen können, war aber »irgendwie betäubt« und mit den Händen verteufelt in diese Frau verstrickt, die ihre Benzinreserven nicht gefunden hatte, und so sei er, Leander, erst aufgesprungen, als er die Stimme Van Buytens, des Intendanten, hinter sich hörte und habe, eine blödsinnige Entschuldigung murmelnd, den roten Kanister vergessend, achtzehn Uhr siebzehn, Haus und Garten »schnellstens« verlassen –

»Ein Pferd, Leander«, lachte ich, »ein Königreich für ein Pferd!«

Er fragte, ob ich ihm noch ein Dunkles auslegen könnte, er sei derzeit nicht so flüssig – tatsächlich war er seit jenem Ereignis notorisch abgebrannt. Der Intendant hatte nach »Isabella« gerufen – seiner Gemahlin. Leander hätte doch ganz ruhig bleiben und alles aufklären können, meinte ich, aber dafür war er zu weit gegangen, sagte er, sei es zu spät gewesen mit Isa, »allein die Sache mit den Augen, verstehst du, das war nicht wiedergutzumachen« sagte Leander, und ich konnte ihm leider auch kein Bier mehr zahlen. Zwei Tage später habe dann die Kündigung auf dem Tisch gelegen, fristlos, so war das.

Fieber im Kühlschrank

Das Faxgerät brachte endlich Leben ins Zimmer, es spuckte Werbung aus für Weihnachtsbäume, Dentalhygiene, Hochzeitsbekleidung, er hatte lange warten müssen. Die Werbeagenturen wenigstens nahmen sich seiner wieder an.

Nachdem er das Fieberthermometer vorsichtig herausgezogen und einen Blick auf die Skala geworfen hatte, wählte Albert Stuhlfauth die Nummer der Schule. Ein Gymnasium. Seit Tagen hatten sie ihn vergessen. Sonst riefen sie ständig an. Musste an dem jungen Schnösel liegen, den sie seit September als Ersatz geholt hatten, Max Silberschmied! Ausgerechnet in seinen Fächern.

Natürlich hoffte er auf die Stimme der Seltenwanger. Oder wenigstens auf die der Beil. Neununddreißig-fünf, das konnte sich sehen lassen, das war keine Kleinigkeit. Erkältung unter Einschluss der Bronchien, Auswürfe, hochfebril! Nur jetzt nicht die Stimme der Rektorin, die seinen Gehörgang verätzen würde! Fünf, sechs Tage hatte er sich nicht gemeldet. Sollten sie ihn doch suchen. Wie schon so oft. Sie würden ihn disziplinarisch ermahnen müssen, eventuell sogar verwarnen! Aber sie würden es nie wagen. Immer wieder tauchte er tagelang ab, und sie ließen ihn, sie brauchten ihn. Ihn, das Schulgenie. Unersetzlich und in besten Jahren. Mitte fünfzig, Bronchien, eventuell sogar der linke Lungenflügel, der ohne Weiteres mit der Herzklappe verwechselt werden konnte, dachte er, man kannte die Ärzte und ihr differenzialdiagnostisches Versagen. Ihre Leidenschaft für Fehldiagnosen, nein, kein Arzt jetzt.

Er war der Brillant des Gymnasiums. Max Silberschmied, lächerlich! Seine Theaterabende erregten Aufsehen, seine literarischen Wettbewerbe waren geradezu »Kult«. Die Rektorin selbst, wie befürchtet, war am anderen Ende der Leitung, wieso »am anderen«, wenn er sie anrief, war *er* doch Anfang und sie kein »anderes« Ende, war sein »Ende« also kein Anfang, sondern ein Ende, so gab es nur zwei Enden ohne Anfang, jonglierte er fieberhaft seine Bälle, um sie schließlich fallen zu lassen, müde und sprachlos. Rektorin Christine Müller-Lungstraß, die gern ihre medizinischen Kenntnisse aufblitzen ließ, die »kinderlos mit Mann-Kind lebte«, wie sie scherzte an guten Tagen. Echte Karrierefrau, die ihre Emotionen im täglichen Abrieb an männlicher Konkurrenz verloren hatte. Durfte sie nie ihre Reptilienhaut mit einem Reißverschluss öffnen, wenigstens für einen Hauch, eine Hand, einen Kuss? Jetzt blitzschnell auflegen, aber das ging nicht mehr, sie hatte mit Sicherheit seine Nummer auf dem Display erkannt, würde ihn sofort zurückrufen. »Herr Stuhlfauth, Sie haben mich eben hier angerufen, was gibt's denn« – nein, das schied aus, auflegen schied absolut aus.

Er warf sich also in die Flut, rief an, war ja ein guter Schwimmer gewesen. »Na ja, Stuhlfauth«, sagte sie, »schon in Ordnung. Wenn Sie meinen, Sie müssten fehlen. Attestlos! Ich kann es nicht ganz nachvollziehen, denn es ist Mitte Dezember und Sie haben schon drei Mal in diesem Schuljahr, oder täusche ich mich – achten Sie besser auf Ihr Verdauungssystem, würde ich Ihnen empfehlen, Herr Kollege, gerade bei Erkältungen, das ist das A und O! Der Darm darf nicht unterschätzt werden – Sie wissen doch, Krankheit ist schuld! Ver-Antwortung! Der Wind hat sich gedreht, die Kuscheljahre sind vorbei, und, nehmen Sie's mir nicht übel, ab und zu ein Bad, auch zur Entspannung. Und überhaupt.«

Ihn hatten die schweren schwarzen Panzer überrollt, Schuldenberge, das unbezahlbare Studium des Sohnes, der immense Unterhalt für die Exfrau. Mit siebenundvierzig endlich frei und einsam, fing *er* wieder an wie ein Student – ein Zimmer in Untermiete, Rosentapete. Freute sich auf die Beil, wenn er auf das hellblau getünchte, flache Schulgebäude zuging, nach einem langen, tonlosen Wochenende. Morgen für Morgen, sogar auf die Seltenwanger, obwohl sie diesen schwerfälligen Dialekt aus dem Osten sprach. Dachte an einem Samstag unablässig an die Beil und fragte sich, warum. An einem Sonntag an die Seltenwanger. Er hatte erwartet, in diesem Alter, Mitte fünfzig, etwas weniger diffus zu empfinden, aber es war nicht zu machen. Wenn er sich gar nicht sehnte, lag er auf Sehnsuchtslauer, wartete ab, ob sie wieder käme, aß Joghurt den ganzen Tag, Joghurt natur, bis es gegen Abend wiederkam, dieses Gefühl oder die Erinnerung daran, wenigstens. Jetzt mit neununddreißig-fünf oder inzwischen sicher schon neununddreißig-acht wollte er sich immer wieder für einige Momente zwischen aufgetürmten Kissen mit einer einzigen, jahrelangen, schwersten Bronchialgrippe in die Pensionierung strecken, der Aufsicht entfliehen, den kreischenden Vokalen der Schüler, das musste man erwägen. Er kannte ein, zwei Kollegen, denen diese Streckungsstrategie gelungen war, psychische Komponente inklusive. Die übergriff auf den Herzmuskel, ein Stechen, Ziehen im linken Oberarm, Atemnot. Das linke Schulterblatt! Psychosomatische Kliniken an schimmernden Bergseen konnten sich kaum retten vor Lehrern!

Wenn Mariana käme, andererseits, musste er fit sein. Durfte er nicht schweißig riechen, nicht fiebern. Seine Zugehfrau. Er hatte lange gezögert, viele Monate nach der Trennung. Und dann entschlossen das Konzept »Zugehfrau« gewählt. Polnische Zugehfrau mit guten Deutschkenntnissen. Sie war nicht mehr ganz jung, er hatte zunächst eine Studentin auf seiner Rechnung gehabt, aber das dauerte, und die Einsamkeit, ein scharfes Messer, schälte an seiner Substanz, so war er mit Mariana einverstanden. Tag für Tag hatte die Einsamkeit eine dünne Schicht Widerstand abgetragen, während sein alter Freund Ludwig bei bester seelischer Gesundheit die Brasilien-Variante wählte. Albert war schließlich so abgemagert, dass er mit allem einverstanden gewesen wäre, das sich zu ihm unter die Decke legte, am Ende sogar mit einem Pinguin, jetzt waren es sicher schon neununddreißig-neun. Viele wärmten sich ja ganz schamlos offiziell an einem Tier die Knochen. Hunde, Katzen. Er sollte wieder das verdammte Fieber messen. Andererseits, wach bleiben, sagte er sich, Mariana wollte noch vorbeischau'n. Er musste sich unbedingt noch parfümieren.

Ludwig, ein alter Schulfreund hatte sein geerbtes Haus im oberbayerischen Landhausstil, in dem er selbst nur ein schmales Souterrainzimmer bewohnte, an sieben Brasilianerinnen untervermietet, und meinte, sie wären ihm lieber als die Osteuropa-Variante von Albert, denn sie wären klein, braun und knuffig, »schön und kaffeebraun sind alle Frau'n in ...«, fing er an zu summen – »Harry Bellafonte, bitte, Luis, bitte«, immer wieder versuchte Albert, noch in letzter Sekunde bei Ludwig einzugreifen und das Niveau zu retten, wenn er mit seinem alten Schulfreund telefonierte, der das Zweite Juristische Staatsexamen nicht bestanden hatte, und mit dreißig vor dem »Nichts« stand, wie es so schön heißt, als plötzlich sein Vater starb und er das Erbe im oberbayerischen Landhausstil antreten konnte. Und dann sagte er zum Beispiel solche Sachen wie, und da konnte Albert ihn nicht immer rechtzeitig stoppen, »eine Zugehfrau als Geliebte ist billiger als eine Geliebte als Zugehfrau, oder, Albert, oder?« Er hatte den Fehler gemacht, dem alten Freund von Mariana zu erzählen, was normalerweise keine Rolle gespielt hätte, wenn der ihm auch etwas erzählt hätte von Liebschaften, aber der hielt sich bedeckt.

Es war eben nicht so, dass er sich die Beil bildhaft vorstellte, oder gar die Seltenwanger, obwohl sie beide erheblich jünger waren als er. Und damit verlockender. Ein Altersautomatismus, wollte er denken. Aber nein, es war ein bildloses, fast abstraktes Sehnen nach familiärem Humus, nach dieser weichen Wolle des Wohlwollens, die ihn umgab, sobald er das Zimmer der Sekretärinnen betrat, und er betrat es jeden Morgen als erstes, und in diesem Moment erlosch die Sehnsucht, und er war sich des Boskop-Apfels sicher, den er aus seiner bauchigen Lederaktentasche nahm, und des dunklen Kaffeegeruchs, und dass er bei ihnen war, am Rande des verschwommenen, riesigen Gefühlskontinents, der sich hinter ihnen erstreckte, den er jedenfalls dort vermutete, und er konnte alles augenblicklich auf die gewohnte Kaffee-Zucker-Milch-Konversation reduzieren und das obere Hauttrapez der Seltenwanger, wenn sie ein sogenanntes »Dirndl« trug, ganz für sich behalten.

Aber jetzt dieses Fieber, dieser ernsthafte Ausfall von Strukturen, das langsame Rinnen des Zeithonigs, entlang an seinem Stundenglas, diese plötzliche Ver-Alterung! Also musste man ganz bewusst eine fiebrige Auszeit nehmen, in die Offensive gehen, um endlich das ständige Jucken der Schülerstimmen auf der Haut zu lindern?

Am Morgen pflegte er, ganz benommen von der Nacht, als Erstes Unterhose und -hemd aus dem Kühlschrank zu nehmen, sie mussten sehr kühl sein. Kühl und trocken. Stufe drei würde genügen, das würde das Jucken der Haut lindern. Zugegeben, dachte er, niemand durfte das geheime Leben ahnen von einem, der so allein lebte. Aber es ersparte ihm einen Waschvorgang, und er liebte es nicht, seine Kraft schon am Morgen wegzuwaschen. Man konnte sie womöglich noch gebrauchen, man musste sie schonen, nur das Nötigste an Haut sollte dem Reinigungsvorgang unterworfen werden, bevor er in die ersten Stunden, beispielsweise mit Ethik starten musste, oder mit Novalis.

Das ging ja noch: In Ethik konnte man an der Tafel lehnen und mit den Händen große Bewegungen machen und Referate verteilen. Das Gewissen etwa als Konzept, als eine Art Ausweichmanöver, verfolgen von der Antike über Freud bis in den Wortlaut der Verfassung. Eine Form der Persönlichkeitsspaltung, dachte er manchmal, diese Stimme des Gewissens, dann zur Schuldfrage gehen, Konzepte der Schuldentstehung diskutieren, Dostojewski einfließen lassen, die verwegene Idee der Willensfreiheit, dann zum »Vater bei Kafka«, und es konnte passieren, dass er sich eingestand, während er morgens in diese weiße Unterhose Marke Schiesser Größe sechs hineinstieg, sie war eine Idee zu groß (es gefiel ihm, in diesem Zusammenhang von einer »Idee« zu sprechen), und sie hing hinten, am Hosenboden unvorteilhaft durch, sich also eingestand, dass ihm die letzte Ethikstunde etwa auch ein wenig durchhing, ein klein wenig zerflossen war, und wenn er dann schon morgens murmelte, diese Unterhose, mein lieber Fjodor Dostojewski, ist zwar angenehm kühl, aber doch eine Idee zu groß, mein lieber Raskolnikov, eine zu große Idee, das zerfloss, bevor er das Haus noch verließ, und so blieb man lieber, als sich dem auszusetzen – vierzig-eins, dachte er, ich darf es nicht mehr messen, ich habe Angst es zu messen, über vierzig, dann ist es nahezu oder wirklich schon tödlich, musste er denken. Mariana sollte jeden Moment kommen, billiger, so ein Unsinn, er musste Luis morgen sagen, was es ihn kostete, diese ganze Geschichte mit dieser Zugehfrau. Mit der er bisher nicht weit gekommen war. Die Wahrheit! Noch so ein kritisches Thema. Notizen machen, Unterrichten! Er musste aufstehen, um zum Fenster zu gehen und nachzusehen, ob sie käme. Er wollte sich noch parfümieren, als er einen tiefen, ziehenden Schmerz links hinten in seinem Gebiss spürte. Der Drei-sechs oder der Drei-sieben musste das sein.

Er fühlte mit dem Zeigefinger nach den Zähnen. Sie lagen, ahnte er, als gesunkene Wracks auf dem Grund seiner Mundhöhle, schräg, ausgehöhlt, verrottend; und er stellte sich vor, dass die Bakterienströme unentwegt durch sie hindurchflossen und es bei Strafe stechenden Schmerzes verboten war, zu ihnen hinunterzutauchen, um sie einer genaueren Untersuchung zu unterziehen, zu fotografieren, gar sie zu heben – das durfte, das sollte man lieber sein lassen.

Wieder hörte er ein Fax kommen. Diesmal die Schule. Das Rektorat.

Was würde Mariana dazu sagen, sie verwarnten ihn. Ernsthaft! Das war eine Abmahnung, die da aus seinem Gerät heraustuckerte, Zeile für Zeile nahm er sie entgegen. Sie wollten ihn weghaben. Endgültig weg, keine Frage. Er raste bereits in der finalen Eisrinne zu Tal. In Schussfahrt. Würde sie ihn verlassen, M., wären alle seine Kapseln, all das Q10, Bromelain, wären die Fünf Tibeter sinnlos gewesen. Oder würde sie erst recht bleiben, um sein Verbleichen abzulauern, wartend auf ein wärmendes Testament, das es ihr erlauben würde, im offenen weißen Cabriolet, denn er besaß natürlich ein Cabriolet trotz allem, einen Lockvogelwagen, nach Hause zu fahren, in ihre Heimat nach Jelenia Gora, dem früheren Hirschberg, wo sein Großvater früher das Haus hatte, ein großes Haus angeblich, mit Wintergarten und zwei Veranden, einem herrlichen Obstgarten, das er ihr zeigen musste, und das alles hatte er ihr noch erzählen wollen, und dass er sie nicht mehr entbehren mochte, häufiger an sie dachte, als an die Seltenwanger, sogar als an die Beil, das alles würde ihm jetzt entgleiten, wenn er nicht das Fieber-Zäpfchen fände, die starken Tabletten, sie musste ihm die Kapseln gegen Fieber bringen, vierzig-eins, keine Frage, bringen und ihn retten.

Er ahnte, dass sie einen Geliebten hatte, dass eine Tasse Kaffee mit ihr das äußerste war und sein Konzept nicht aufging, diese vierzig-zwei oder vierzig-drei, das konnte schon die allerletzte Warnung sein, »aller« murmelte er vor sich hin, »aller«, aber von wem, als es an der Tür klingelte, endlich, leicht, zaghaft. Das musste sie sein!

Immer der Ärger mit Robbie

Mein Mobiltelefon, während wir zur Konferenz unterwegs sind im großen Dienstwagen, sagt plötzlich in die Stille hinein: »Anruf von Teresa.«

Ich sage: »Konferenzvorbereitung läuft. Rückruf in drei Stunden.«

Robbie wiederholt »Okay. Rückruf in drei Stunden.« Der Techniker hat offenbar die Repeat-Funktion aktiviert. Nervt etwas, gibt aber Sicherheit.

»Robbie, wie lange wird's noch dauern?«

»Wie lang wird's noch dauern?«

Wir stecken im Stau fest, die Konferenz soll in fünfzehn Minuten losgehen, »solln wir lieber drehen, dem Stau ausweichen?«

Er sollte sämtliche Stauinfos eigentlich zusammenführen, speichern, berechnen und an mich herausgeben. Integriertes Navigator-Diktier-Radiosystem, dritte Generation. Er gibt tonlos, fast deprimiert zurück: »Noch zehn Minuten, Roy.«

»Wieso Roy, ich bin nicht Roy, du Idiot, kannst du nicht denken, bevor du sprichst, und fühlen, bevor du denkst, ich bin Frank, Frank Miller, hörst du ein für alle Mal, Robbie!«

Die Spracherkennung verfeinern, notiere ich, ich muss mit der Technik unbedingt den Modulationssensor abklären, diese Versager. Können nichts antizipieren! »Die Technik«, unsere technische Abteilung, bestehend im Grunde nur aus einem Mann, vielleicht auch noch einem Azubi. Die Technik sitzt auf hohem Ross und nimmt nur sehr gnädig Wünsche entgegen und verwirft Anregungen grundsätzlich als dilettantisch. Bis die Konkurrenz sie ein Jahr später einführt!

Ich sage: »Robbie, wenn das nicht bald klappt, bist du ne Retoure.«

»Robbie, Retoure, verstanden. Noch acht Minuten.« Er krächzt aus dem Bordlautsprecher, »jetzt noch seven-forty-five, seven-forty-five.« Irgendwer hat ihm wohl Sprachmix eingegeben, ist eben schlecht, wenn mehrere das Auto benutzen! Ich würde normalerweise sofort die Technik anrufen, erwarte aber von Robbie jetzt die Zusammenfassung.

»Bitte die Zusammenfassung meiner Rede.«

»Verstanden, Zusammenfassung. Rede.«

»Robbie, ich muss in wenigen Minuten diese Rede halten. Thema ›Betriebliche Entscheidungsfindung im Rahmen aktueller Konjunkturwellen‹.« Los, die Gliederung jetzt, denke ich, während wir unterm Prinz-Carls-Palais durchgleiten, Spurwechsel links rüber, während ich den Wagen lenke, könnte Robbie bequem, Hotel Kaiserhof, bitte melden. Wiedergabeknopf, ready. – Überlastungsanzeige! Mensch, Robb!

Na schön, dann wiederhole ich's eben für mich selbst: Die Kollegen müssen jetzt in diesem historischen Augenblick begreifen, dass der Schwerpunkt – (Betriebsrat immer vorher einbinden!) – und zwar nicht nur bei uns, sondern auch gesellschaftlich, momentan einfach auf der Betriebswirtschaft liegt. Wenn die Verkaufsergebnisse stimmen, kannst du über alles andere reden! Nur dann! Dabei ist die Antizipation des Aufschwungs entscheidend. Der neue Ansatz muss systematisch in die Wellentheorie eingebettet werden, soweit sind wir noch nicht, dass wir alle Parameter genau kennen, ab wann umzuschalten ist (etwa der chinesische Markt oder Indochinas Nachfrage). Also Zeitfaktor betonen, die meiste Unruhe entsteht, weil die Kollegen immer gleich denken, das neue Modell gilt jetzt für immer und ewig – tut es aber nicht! Es handelt sich um eine mobile Struktur, jederzeit anpassungsfähig. Wir nehmen ihnen die Angst!! Es gibt keinerlei Bedrohung, keine harten Entlassungen, im Moment. Wird alles sozial abgefedert! Au contraire. Die Verlängerung der Arbeitszeit: Das Zeitmoment betonen für ein paar kurze Jahre, liebe Kollegen, Betriebsrat einbinden, da hat eben im Moment die kurzfristige egoistische betriebswirtschaftliche Denke Vorrang! Es *ist nicht* für immer! Durch gezielten und lockeren Sprach-, Haar, und Kleidungsgebrauch, mehrere Fremdsprachen benutzen, das absolut Vorläufige der gesamten Position unterstützen, »ich bin einer von euch«: »Ich fliege hier als Erster, wenn die Zahlen nicht stimmen!« Breite Zustimmung fördern, ein Tischtennisturnier während der Arbeitszeit, na schön und ein bisschen Karriere im Hinterkopf, Betriebsrat nicht vergessen.

»Wir müssen den Stau umfahren – Robbie, das solltest du eigentlich jetzt bringen, und zwar selbstständig!«

»Verstanden, bringen.« Pause. »Selbstständig bringen.«

Hotel Kaiserhof, bitte kommen.

Müssen doch kurzfristig das Explacement (wir sprechen das Französisch aus, nicht wahr) von etwa siebenhundertfünfzig Kollegen ins Auge fassen, die Kernkompetenzen im Inland restrukturieren, keine Alternative, sozialverträglich und so weiter – das weiß ich alles, kann es mit Zahlen belegen! Für wie lange, das wissen wir allerdings nicht, wir erkennen an der Börsenentwicklung nicht, ob es eine lange oder kurze Welle sein wird. Aber wir rechnen mit maximal drei Jahren.

Die Ersparnisse durch den Konsumstau während der Coronakrise gehen in die Billionen!

Wir haben den Eindruck, dass das Angebot an elektronischen Modulen im Moment gerade ganz geringen Grenznutzen – die Nachfrage in den Tigerstaaten stagniert. Robbie krächzt jetzt.

»Robbie«, sage ich, »was ist los, wann sind wir im Hotel Königshof?«

»Kaiserhof, Bob. Korrigiere: Kaiserhof!« Wir stehen schon wieder. Ich heiße nicht Bob!

»Wir stehen, verstehe.«

»Robbie, ich muss zu dieser verdammten Konferenz, bitte fahr jetzt über das Trottoir, wir sind ein Notfall: Da vorn kannst du den bescheuerten Grünstreifen kreuzen.«

Robbie krächzt: »Notfall, Trottoir, Grünstreifen, verstehe.« Der dicke Dienstwagen lenkt auf das Trottoir.

»Kaiserhof oder Königshof, Bob?«

Oh Shit, habe ich das Hotel verwechselt, wir sollten doch zum Königshof, am Karlsplatz, dieser Königs…

Robbie plötzlich klar: »Es gibt keine Konferenz mehr, Roy. Vergiss es, Roy.«

»Frank, bitte, mein Lieber, Frank, nicht Roy, dieser alberne Name. – Schau, wir fahren im Kreis diesen Altstadtring entlang, wann sind wir im Hotel, Robbie?«

Es spottet schon wieder aus dem Lautsprecher.

»Der Zeitplan, Robbie, stell mich zum Chef durch, der Zeitplan! Wir sind schon drüber, Robbie!«

»Zeitplan, Chef, verstanden.«

»Neue Message von Chef, Zentrale an Frank: Referat Frank gestorben. Referent Frank abgelöst. Kurzfristiger Dispo-Change von Zentrale an Frankie. Frank nicht anwesend, Frank nicht entschuldigt. Beim Referenten melden, morgen im Personalbüro. Ende!«

Der Barmann

Manche Gäste bezweifeln plötzlich die Sauberkeit meiner Gläser! Frauen vor allem. Jahrelang war alles okay, man konnte in Ruhe seine Arbeit tun, man hat gerackert hinterm Tresen, und alles für wenige Cent, aber alle waren zufrieden – und nun plötzlich! Die Frauen! Ich weiß nicht, hängt das mit der Pandemie zusammen, dem Klimawandel oder dem Krieg – es wäre ja viel zu einfach, es wäre primitiv, wollte man alles dem kleinen privaten Zufall zuschreiben.

Andererseits diese wachsende »Kontingenzintoleranz!« – man traut dem Zufall nichts mehr zu! Ist nicht er es, der uns seit Millionen von Jahren dirigiert?

Das spüre ich. Als Barmann musst du ja jeden Trend wittern, musst überall mitreden können, bist du ja Spürhund und Schwamm in einem – du saugst alles auf, alle Dramen und Probleme dieser Gesellschaft! Ich finde dieses Leben hier schon immer sehr seltsam. Und sehr, sehr ungerecht! Diese Vorwürfe!

Aber, gnädige Frau, sage ich dann, selbstverständlich ist dieses Glas sauber, schauen Sie bitte, es blitzt doch, das Glas, das habe ich mit eigenen Händen gewaschen! Sie müssen es doch jetzt nur gegen das Licht halten, bitte gegen unser Licht. Gibt es ein objektiveres Licht als unseres? Und außerdem, jetzt habe ich den Wein, den Roten schon eingeschenkt, Gnädigste, für Sie. Jetzt ist es zu spät – Ihr Einwand kann doch jetzt nicht mehr gelten, das werden Sie doch zugeben!

Lächelnd, zwischen Resignation und mütterlicher Nachsicht spielend – obwohl sicher um einiges jünger als ich, nun ja, eine schöne Frau eben – nippt sie am Glas, das ich mit Absicht randvoll gefüllt habe, wittert beglückt den Duft des Roten aus Apulien und schlendert, nein, schlenzt lächelnd hinüber in den Bühnenraum, wo gleich die Lesung beginnen soll.

Aber natürlich, ganz unter uns, sind sie schmutzig, die Gläser! Wenn es um die Wahrheit geht, und es geht ja nur um die Wahrheit, da darf man sich nichts vormachen. Alles andere als die Wahrheit ist uninteressant! Natürlich gibt's Pseudologen,

Fabulierer, es gibt Spielräume, Grenzfälle, Schattierungen, aber machen wir uns nichts vor, es gibt hier nur eine Wahrheit, und das tut weh, sehr oft.

Tatsächlich gibt es kaum dreckigere Gläser in dieser Stadt, als diese, die ich allabendlich in dem Etablissement mit Wein fülle, in dem ich mein bescheidenes Nebenbei verdiene! – Eine Lesebühne! Und die ich absichtlich randvoll fülle, damit man den Schmutz nicht sieht, diese Rotweinkrusten und die Lippenabdrücke, der ekelhaft schmierige Lippenstift, den Mutter schon auf meiner Wange hinterlassen hatte und diese – bestenfalls – Schaumschlieren – Reste des gräulich-schwarzen Abwaschwassers, dieses grässlichen Suds, in den ich sie bestenfalls kurz eingetunkt habe, die Gläser, um einen sogenannten »Waschvorgang« anzudeuten, oder besser: vorzutäuschen!

Es ist vollkommen klar, dass sie dreckig sind, dass sie bei jeder gewerbeamtlichen Kontrolle auf der Stelle schwerstens moniert würden, wenn es diese Kontrollen gäbe. Nur endlich gäbe, sage ich jetzt mal! Ich sage das nur probeweise und leise, »beiseite«, wie es bei Shakespeare heißt, sodass der Chef es nicht hört. Seit Jahren warte ich ja auf nichts sehnlicher als auf eine derartige amtliche Kontrolle, welche die Ordnung wiederherstellen würde! Ordnung und Wahrheit. Damit dieser ganze Laden endlich aufflöge! Auffliegen soll er! Für die Wahrheit! Egal, was aus meinem Job hier wird.

Selbstdisziplin? Kannst du vergessen. Kontrolle und Ordnung sind das Wichtigste! Aber es kontrolliert ja hier kein Mensch mehr, alle können hier tun und lassen, was sie wollen! Alle! Seit Jahren! Die Priester, die Ärzte, die Handwerker. Ich hab mir da neulich mal eine Arztrechnung genauer angesehn – unglaublich! Fantastisch! Dabei sind sie wirklich schmutzig, ja, man könnte mit etwas literarischer Übertreibung sagen, sie »stehen vor Dreck«, die Gläser! (die Ärzte, die Priester!) Denn ich tauche sie, wie schon angedeutet, nur ganz kurz in diese schwarzbraune Abwaschplörre hinein, in der bereits Bratentöpfe, Hundenäpfe und Ähnliches gewaschen wurden, dort hinten in der Küche, und schüttle sie, um sie dann mit dem Gesicht, wenn ich so sagen darf, nach unten auf das baumwollene, blau gestreifte Küchentrockentuch zu stellen. Also ich zwinge sie mit der Öffnung hinunter auf das fleckige, verklebte Tuch, das aber wegen seiner früheren Saugarbeit schon, wie ich sagen will, steif imprägniert ist von Flecken und alles andere als saugwillig, aber egal, ein Lumpen eben, ein Fetzen!

Mit dem Gesicht, habe ich bewusst gesagt, nach unten, mit der Öffnung also, wie auch bei uns das Gesicht unsere Öffnung ist.

Ja, würde man uns mit dem Gesicht nach unten abstellen, ab und zu mal, sodass alles Benutzte und Dreckige aus uns hinaus und in ein feines Tuch flösse, das wäre was, wäre schon die halbe Reinigung sicher. Manche meinen ja hier, das Vorlesen eines eigenen schlauen Gedichts führte schon zu einer Vollreinigung, einer Katharsis, um es für die ewigen sogenannten Humanisten zu sagen, die jahrelang mit Altgriechisch und ähnlichem Wahnsinn gezwiebelt und verbogen wurden, zurechtgebogen für die zivile Ordnung und militärische Disziplin, und die das, diese ihre gezielte Schulverbiegung jetzt sadistisch genießend an allen anderen erproben, also: ein Gedicht!

Aber zurück zu den Gläsern, von denen ich sage: Erstens habe ich sie, gnädige Frau, eigenhändig gewaschen, und bei diesen Worten nehme ich Augenkontakt auf zu der Beschwerde führenden Dame, und zwotens, sage ich langsam, zwotens, dieser gemeine Schmutzeinwand wäre jetzt, wenn Sie ihn denn brächten: ver-wirkt! – Aber so was von! Wie man heute sagt. Denn jetzt schimmert er ja schon rubinrot, transparent und Ihre Lippen verführend zum Kuss am Glase, dieser kostbare Wein. Und das Wort »verwirkt« (aber so was von), das ich mal irgendwo aufgeschnappt habe, weist mich sofort als einen Rechtskundigen aus! Und mit einem solchen hinter der Bar möchte sich ohne jeden vernünftigen Zweifel keine begabte, das Leben genießende Frau näher einlassen, ihm, dem Paragrafenlaffen wendet sie brüsk den Rücken zu. Diese schmucke Rechtskundigkeit, mag sie echt sein oder vorgetäuscht, mit deren scheinbarer Aura ich mich umgebe, indem ich gleichsam ein Weißbierglas randvoll mit schleimig-verlogener »Verwirkung« fülle und auf den Tresen knalle, direkt zwischen die Dame und mich!

Da nippt sie, lächelt überlegen, wie schon gesagt, nachdem sie den schamlosen Preis von fünf Euro auf die Bar gelegt, nein, geschmettert hat, und dreht ab. Ist doch alles gut, Schluss jetzt, will das sagen. Dabei sollte ich, wäre ich der wirklich grundehrliche Barkeeper, als der ich ja so gerne auftrete, der Wahrheit halber meiner Kundin gegenüber doch erwähnen, dass ich von irgendwelchen juristischen Begriffen keine blasse Ahnung habe. Die Kundin ist ja inzwischen schon hinüber gegangen in den Bühnenraum, während ich »Verwirkung, Verwirkung« murmelnd hinter ihr und ihren durchaus beglückenden, der absoluten Wahrheit so nahen, runden Formen her sinne; sie hat ja bezahlt, und damit ist jetzt auch mal gut. Irgendwann muss auch mal gut sein, jammern, reklamieren, Schmutzränder, Gewerbeamt, Humanismus und so weiter. Es geht um den Inhalt schließlich, bin ja nur ein kleiner Barmann, um die Substanz, machen wir uns nichts vor, diesen kostbar glühenden vierzehneinhalbprozentigen Primitivo, volles Glas, also nächstes Kapitel bitte. Die Lesung kann, sie soll beginnen endlich – jetzt! -

Der ewige Oberst

Der alte Oberst schaut durch das verstaubte Fenster hinaus auf den Frauenplan. Diesen berühmten Platz im Zentrum der Welt. Sein Blick ist unruhig, lauernd. Verfolgt die jungen, tollenden Hunde, die Bäume und Rasen vergiften mit ihren Sekreten. Das gab es früher nicht. Nicht von so teuren Bürgerkötern. Und das ist entscheidend – historisch. Nur Historie entscheidet!

Weimar 1995. Touristen gleiten jetzt mit ihren panzerartigen Großlimousinen aus München oder Stuttgart-Untertürkheim vor und jagen ihre Windhunde übers Gras. Windspiele, diese zerbrechlichen Züchtungen, die im Winter alle eingehen, über kurz oder lang. Hier jedenfalls. Kennt man doch. Oder prätentiöse Afghanen, die aussehen wie traurige Gräfinnen.

Er liebt Hunde, aber richtige Hunde. Hat von seinem Letzten noch ein Foto an der Wand, einem Schäferhund, hechelnd, diese Zunge! Aber nicht vom Todesstreifen, dieses Klischee nicht. Er taufte ihn »Koba«, Stalins Tarnnamen vor der Revolution. Weiß keiner mehr. Er muss lächeln, in sich hinein, da ist nicht mehr viel, nicht innen und nicht außen; es ist ja niemand mehr da, der es sehen könnte, wissen. Sein Büro ist leer. Die Wände sind leer, bis auf dieses Foto. Da war er nicht angreifbar gewesen, nicht mit dem Ansatz »Hund«, egal, wie er ihn nannte – es gab genug anderes. Man musste sich ja durchaus angreifbar machen, im Regime des realen Sozialismus. Gezielt, man durfte keinesfalls unfehlbar erscheinen. Die Unfehlbaren, die Musterschüler lebten gefährlich, sie wurden schnell liquidiert – er leistete sich absichtlich kleine, nebensächliche Schwächen. Sein Haar etwas zu lang. Sein Hang zu schnellen westlichen Cabriolets etwa und zum jungen, zügellosen Schiller, die frühen Dramen – aber schweifen wir nicht ab. Du neigst zum Abschweifen neuerdings Alter, Oberst! – Disziplinlosigkeit! Das ist er nicht gewöhnt an sich, das hat es nicht gegeben zu seiner Zeit. Da war alles klar eingeordnet, der Kopf, die Rasur, ein sauberes Register, ein gläserner Aktenschrank: Gedanken, Konzepte, Strategien. Jahrhunderte übergreifend! Und das Handeln folgte dem Kopf, konsequent Schritt für Schritt. Keine Ausnahme!

Die Akten werden nach und nach geöffnet. Klar, sie wollen ihn holen jetzt. Wollen dich, flüstert er, »grillen«. Aber das wird nur vorübergehend sein. Eine kurze historische Episode. Er muss das nicht fürchten. Das ist läppische Gegenwart. Er flüstert viel an seine leeren Wände hin. Die Vorladung liegt auf dem Tisch. Ein geschlossenes, blaues Kuvert. Er muss es gar nicht öffnen. Der Postbote, immer noch derselbe, hat ihn angegrinst, »jetzt bist du dran«. Typischer Kleinbürger, Duckmäuser, Opportunist! Dabei hatte der Oberst ihm ein Jagdrevier verschafft damals 1981. Jagdreviere waren eine feine Sache – Fleisch am Wochenende! Aber das ist vergessen. Hasenbraten – Privileg! Sie haben alles Positive vergessen, diese kleinmütigen, kurzsichtigen sozialistischen Spießer! Opportunitätsamnesie. Wie sie sich jetzt als Sieger fühlen, diese Konsumnieten! Nur das »du« bleibt kleben, Egalitätsnostalgie! Ein Hass-Du, das weiß jeder. Alle duzen sich.

Das Fenster des Obersts führt direkt hinaus auf den Frauenplan. Diesen Platz des Alten: Goethes Platz. Er lehnt die Stirn an die Scheibe. Diese schmerzhafte Bewegung des Mundes. Der Kiefer scheint erstarrt. Er spürt den Kopf als riesigen, schweren Granit auf dem Rumpf, grau und fremd, den er endlich aus dem Weg rollen sollte, langsam, vorsichtig, in eine Ecke des Zimmers oder unter einen Baum, damit er endlich Ruhe hätte. Diese Denkmaschine, Angstmaschine. Gegenüber drängen sich noch immer zu Hunderten die Fremden vor dem Haus Nummer eins, und davor auf dem Rasen noch immer das Spiel der Windhunde und Dalmatiner, kreischende Kinder. – Schuld? Es gab keine persönliche Schuld. Schuld, ein soziales Konstrukt! Da waren allerdings die Akten. Ein paar dunkle Punkte. Sollten sie ruhig seine Akte einsehen, die eifrigen Geiferer! Er, der Oberst gehörte nicht zu denen, die irgendwelche Akten *einsehen* wollten. *Er* gehörte zu denen, die diese Akten angelegt hatten, anlegen ließen. Ja, es musste sein, na und? Die Guten trennen von den Schlechten, die Reifen von den Unreifen. Mit Fleiß und Disziplin, jahrzehntelang. Das kostete! War klar, dass der Feind das denunzieren würde, das konnte nicht im Interesse der bürgerlichen Klasse sein. Da waren wir uns doch einig! Das war kein kurzer, billiger Flirt mit der Geschichte. Man baute etwas Neues auf, noch nie da Gewesenes! Den Neuen Menschen. Hombre Nuevo. Von Leningrad bis Havanna, von Peking bis Prag. Aber jetzt? Wo waren denn jetzt die Genossen? Er spuckte aus, immer wieder.

Er konnte sich in Rage spucken, wenn er so am Fenster stand, den unsinnig tändelnden Tieren und Touristen draußen zusah und den Kopf gegen die Scheibe presste, so schmerzend und matschig. Es war ja nicht so, dass man das alles aus Lust tat, aus Witz, Macht- oder Geldgier. Es war: Opferbereitschaft, Erkenntnis, Disziplin!

Sein Gaumen schmerzte, das Genick war starr. Die Bestrahlungen, die Chemo danach, er konnte nur noch langsam sprechen, ganz leise, ganz vorne mit den Lippen, ganz spitz. Immer wieder musste er die onkologische Ambulanz aufsuchen, sechs Monate lang. Da machten sie keine Unterschiede im Westen, das musste er zugeben, wenn er ehrlich war. Und das war er. Sein Hund würde ihm nicht mehr folgen, die Stimme so leise, so hoch, würde der ihn, den Oberst nicht mehr akzeptieren als Rudelchef. War aber längst tot. Hinten im Garten verbuddelt, illegal. Tot wie die meisten anderen, die Guten. Die seine Kenntnisse teilten, seine Er-Kenntnisse! Seine präzise Kenntnis der historischen Situation zum Beispiel und die bestürzende Unreife der anderen, der Massen, die man zwingen musste, und je mehr man sie zwang, desto weniger sahen sie ein, widersetzten sich heftiger mit ihren Emotionen, dumpfen Trieben, ihrer Lust. Dieser teuflische Kreis aus Erkenntnis, Notwendigkeit, Widerstand und Zwang.

Müde sieht er jetzt zu, wie seine Hand nach der Fliege schnappt. Erinnerung, wie er noch im Sommer vor der »Wende«, die Wespen ganz ruhig ohne jedes Zittern von oben zwischen Daumen und Zeigefinger nahm und ihren Kopf abtrennte mit einem kurzen Knipsen seines Daumennagels. Wie er das liebte! Dass seine Hand jetzt auf der Fensterbank vor ihm liegt, ein fremdes, starres Tier, schwer atmend, pulsierend, die Fliege verfehlt. Diese Hand, sie taugt nichts mehr. Sie könnte nicht mal – ja, wirklich, einen guten Schuss abgeben.

Auch dieser Dichter dort gegenüber taugt nichts, politisch. Was suchen die Leute da drüben in seinem Haus, als gäbe es dort Ammoniten seines Geistes, lyrische Stalagmiten, Gedankenskelette in den verlassenen Stollen seines Wortbergwerks, seiner Bücher, seiner Bibliothek? Warum überfallen sie zu Tausenden das Gartenhaus drüben im Park, überschwemmen den »Weißen Schwan«, der für ihn, den Oberst, längst unbezahlbar geworden ist. »Salve.« Er spuckt es aus und einige Tropfen aus seinem Mund bleiben an der Fensterscheibe hängen und laufen langsam nach unten. Begegnen der Fliege, die daran zu schnuppern scheint, die Flügel wetzt.

Wenn dieser Arm nicht so taub wäre, so müde von der Behandlung, ich würde hinübergehen und dich greifen, Dichter, jetzt, da alles offen vor uns liegt. Man hat genug Dokumente gefunden gegen dich und ausgewertet. Die »Campagne in Frankreich« etwa mit deinem Hass auf die Französische Revolution. »Liberté« – gehasst, »Egalité« – gehasst, »Fraternité« – gefürchtet wie die Pest! Und wie du danach plötzlich versuchst, dich einzuschmeicheln bei Bonaparte, beim Kaiser, Erfurt 1806, dich ranzuschmeißen! – Durchschaut, mein Lieber, das zieht nicht mehr. Dieser Kaiser hat dich abgehakt, ich kenne ihn zu gut, du stehst auf seiner Liste. – Abschuss, Ende, finito. Unser großer Dichter, der sich als Schoßhund der Monarchen durchs Leben schnorrt, Lebenskünstler, Lebenslügner, Goethe!

Ach, Oberst, sagt er leise, haucht es, während er die Lippen an die Scheiben presst, mach dir nichts vor. Du kannst dir doch die Wahrheit leisten, jetzt. Welche Wahrheit? Es gibt nur eine, lauf bloß nicht den Bluffern hinterher, die dir mehrere Varianten andienen wollen, falsche Fufzziger! Du selbst hast doch auch nur Glück gehabt, im Grunde. Den Säuberungen immer knapp entgangen, aber haarscharf, kann ich dir sagen, Ulbricht, Stalin, Metternich, Napoleon. – *Du*, du hast die Akten viel zu konsequent verteidigt, die Idee, die jeweilige große *Idee*, und die Ordnung, die jeweilige, die Disziplin!

Blutige, entsetzliche Ausreißer, gut, die gibt es nun mal, das schmerzt. Ist aber unvermeidlich! Treue zur richtigen Sache allein entscheidend. Du wählst völlig frei, auf welcher Seite du stehst in der Geschichte, du warst ihnen allen treu, aber der da drüben hat total konzeptlos weitergewurstelt, unverdientes, unverschämtes Glück gehabt, der sogenannte Dichterfürst, dass ihm die »Wende« erspart blieb, die Wende nach 1789. Hat sie einfach ignoriert! Bis jetzt, bis heute. Aber ich werde dich kriegen – ich *bin* deine Wende, hörst du, Hof – Kakerlake, durchtriebene, widerwärtige!

Ich habe dich in den Akten, mein lieber J. W. G., und zwar nicht zu wenig und nicht erst seit gestern. Erinnerst du dich beispielsweise an den Nachmittag des sechsten August 1812 im Kurpark von Bad Teplitz, als du mit Beethoven der kaiserlich-habsburgischen Kalesche begegnet bist – wie du gebuckelt hast, ja ja, dein wahrer Lakaiencharakter! Weißt du noch, wie unser Ludwig van – unser IM mit dem Namen »Genie« – sich damals über dich mokierte, als du gar nicht mehr hochkommen wolltest aus deiner Verbeugung? Gelacht hat er. Ja, da staunst du, dass wir den auch bei uns hatten. Es war nicht leicht mit ihm, im Dienst der guten Sache – ohne einen einzigen Taler Bezahlung. Ein Idealist eben, Künstler, nicht besonders zuverlässig, leider, aber genial. Anders als die kleine Dicke, Christiane, unsere IM Kleopatra, die du viel zu spät geheiratet hast. Vier Kinder zeugen, aber nicht heiraten – oder waren es fünf? Bis auf August alle schnell gestorben – sie hat sich gerächt. Sie hatte dich längst satt, dein Hinhalten, diese Versprechungen, und dann die ach so »seelenverwandten« Hofdamen, das Herumlavieren am Hof dieses lächerlichen Herzogs – ahntest du das nicht, tatsächlich? Sie stand nun wirklich fünfzehn Jahre lang auf meiner Gehaltsliste, aber auch noch ganz andere – meine eiserne Diskretion – haben mich mit Infos gefüttert über den Weltberühmten, den Auserwählten der Götter.

Ich, der Oberst, die dunkle, unsichtbare Spinne im Zentrum des Netzes. Alle Fäden in meiner Hand! Und dieser Dichter, in Wahrheit längst erledigt, passé! Wenn meine Hand nicht so taub wäre, die Lippen, meine Zungenschwere, dieser Poet, zappelndes Insekt im Netz. Gleich werde ich ihn herauspflücken.

Werde hinübergehen und ihn einfach packen und zwischen Dalmatinern und kreischenden Touristen hindurch hinunterschleifen in meinen berühmten Keller, diese niederträchtige, antidemokratische Fleischfliege – schnell von oben zwischen Kopf und Schulter greifen, ausknipsen mit beiden Händen, als wäre er ein Insekt.

Die Geschichte weiß, dass sie mich braucht, mein Organisationstalent, meine Verbindungen, meine präzise Kenntnis des gesamten Netzwerks, unentbehrlich! Bitte, meine Herren Kapitaldemokraten, öffnen, öffnen Sie nur alle Schränke. Sie werden staunen, wen Sie alles finden. Eckermann, natürlich, den authentischen IM »Sekretär«, den besten, den wir je hatten, den dieser Dichter in seinem Geiz fast hätte verhungern lassen. Niemandem, glauben Sie mir meine Herren, habe ich persönliches Unrecht getan, historisch gesehen! Niemandem geschadet, alles ist minutiös belegt – Kontakte zu Metternich, Mitterand, Molotow – Kommunisten, Sozialisten, Monarchisten, alles in den Akten hier, kommen Sie, kontrollieren Sie nur, drei Kellergewölbe voll gelber Akten. – Wenn nur dieser verdammte Kopf nicht, dieser stechende Schmerz im Kiefer. Die Schläfen!

Oder glauben Sie, er gehörte doch zu uns, ohne dass ich es wusste? Ein Doppelspieler? – Egal, es darf hier kein Zaudern geben in diesem Job, null Toleranz. Wir kalkulieren mit Blut: Keine feinen Nuancen, nur den vollsten Einsatz, hopp oder topp! Und er weiß es, der Dichterfürst, oh ja, er kennt die Spielregeln wie kein zweiter.

Da, bitte, jetzt wird er gleich seinen Schoppen trinken gehen, wie jeden Tag, wenn es dämmert, und dann, ja dann werden wir ihn hochnehmen. Meine Leute warten schon. Es wird leicht gehen und sehr sehr schnell! Und dann endlich, wird es für immer sein.

Aus dem Haus

Aus dem Haus. Vormittags und in Gedanken über Lebenssinn, Tod und Verdrängung – dieser gewaltigen Energie, die uns immer wieder aufstehen lässt, da fragt ihn ein Mann, ein Grobschlacht mittleren Alters, nach dem schnellsten Weg zum OEZ. Gedanken, die er, das weiß er, schon zwei Stunden später für unsinnig halten wird. Der zieht einen Aluminiumrollenkoffer hinter sich her, milchgesichtig und schwitzt. Seine blauen Augen wässrig, die Wangen aufgeschwemmt, die Nase klobig wie bei starken Alkoholikern, erklärt Luis ihm den Weg über den Kusocinskidamm, dann nach rechts über die Autobahnbrücke und rechts vorbei am Hochhaus, das die Aufschrift »Patricia« trägt, die Treppen hinunter und über die Straße ins Olympiaeinkaufszentrum, wo vor Kurzem bei einem Amoklauf zig Menschen den Tod gefunden, und wo du alles findest, was den Menschen so glücklich macht. Luis ist froh, den Mann schnell los zu sein. Der rattert den gepflasterten Weg hinauf zum Damm mit dem schweren, in der Sonne diamanten blitzenden Koffer. Den Tod gefunden, gefunden, gefunden, zig Menschen, zig, Luis sperrt den Wagen auf, schwingt sich hinein und ist schnell draußen auf der Landstraße.

Spätestens, wenn der Sommer kommt, werden wir wieder Sex haben, es wird wieder wundervoll! Er wusste, das war nicht, was sie hören wollte, das Sexuelle, Mavra. Für sie war das jetzt kein Thema, vorbei, vielleicht auch für immer. Er sah hinaus auf den Asphalt. Flüsterasphalt dachte er plötzlich und musste lächeln. Sein Fachgebiet, auch das war nicht, was sie hören wollte. Sicher nicht das. So ganz allein im uralten Ford Capri eines alten Freundes aus der Stadt hinauszufahren und Sätze zu probieren, Worte zu formen, so hielt er sich für jung, das schien ein einfaches, gutes Leben, ein brauchbarer Entwurf. Hinausfahren, nichts als das, fürs Erste und immer so. Auch wenn es eine kleine Dienstreise war, mit Akten und etwas Reisegepäck, hinaus ins östliche Bayern, das kannte er alles schon, das war Routine und jetzt noch weit weg. Unendlich langsam flohen Bäume und Strommasten, liefen Wiesen und weidende Tiere rechts und links vorbei, dann wieder Jägersitze mit ihren Leitern in einer Reihe am Rande von Lichtungen, ein Pferd, dann eine Kuh allein, das Pferd schön, die Kuh einsam.

Diese verfluchten Aktien waren ein Fehlkauf gewesen, sie fielen einen Tag nach der Order, als hätten sie nur darauf gewartet, von ihm gekauft zu werden, um zehn, dann fünfzehn, zwanzig Prozent und keine Dividende, war ja von Anfang an klar – US-Technologiewerte. Ohne Dividende. Ruhig bleiben, sagte er sich, Luis Bärmann, jetzt nicht die Nerven verlieren, du kennst das doch, Schwankungen, es sind nur Schwankungen, die Launen einer verzweifelt schönen Frau. Die Börse.

Dann Drohnen über dem Land, gegen das Blau. Erst eine ganz große, langsam, fast suchend; dann ein Schwarm mittelgroßer Drohnen, silbern in der Sonne, hintereinander. Dann umkreisten sie einander, verfolgten sich, er konnte sie nicht mehr sehen, hörte Feuerstöße und dann kam eine von ihnen wieder in den Blickwinkel des Autofahrers, von hinten rechts nach vorne links, torkelte, gab winzige Signale von sich, piepsende Hilferufe schien ihm, er sah, wie sie abschmierte und war glücklich, sich an dieses Wort zu erinnern, abschmieren.

Mavra lag meist im verdunkelten Terrassenzimmer, weigerte sich, mit ihm hinauszugehen. Sonntage hasste sie besonders. Nur bei Regen hinaus, strömendem, ohne Schirm, ohne Cape, »spüren«, sagte sie Luis, »etwas spüren, das kannst du nicht verstehen.« Früher war sie nicht so gewesen. Erst vor ein, zwei Jahren mutierte sie zu diesem ganz anderen Menschen, den er vorher nicht gekannt hatte.

Er spürte Mavra, er saß im Auto und spürte noch immer diesen starken Brennstoff. Er musste schuld sein, ja, wahrscheinlich lag es an ihm, dass sie so geworden war. Es musste an ihm liegen. Wenn du rausfährst, merkst du genau, woran alles liegt. Du musst nur hinausfahren über Land, dann wird alles klar. Morgen, fiel ihm ein, war dieser Termin. Mit dem Bürgermeister in Ostbayern. Normalerweise konnte er gut mit Bürgermeistern. Jetzt wieder Weiden, zwei, drei Kühe, Nebenerwerbskühe, der typische Fall, dachte er. Aber »normalerweise«, gab's das, was war das? Er versorgte sie, Mavra, wenn er in der Stadt war, kam mittags kurz vorbei, brachte gebratenes Huhn, Thaicurry, Döner, Pizza. Du findest wohl essen sehr wichtig, lächelte sie manchmal, ja, ich finde das wichtig. Wenn kein Auswärtstermin. Oft meinte er zu bersten vor Gefühl zu ihr und für sie und einzig dafür zu leben, dass sie nicht erreichbar war, so unerreichbar war sie. Und so oft musste er über Land fahren, die kleinen Städte besuchen im östlichen Oberbayern oder westlichen Niederbayern, die Bürgermeister musste er und Gemeinderäte überzeugen von rationalen, ästhetischen Planungskonzepten für ihre aussichtslos verbauten und versauten Städte. Sanierungspläne, Stadtkernerneuerung, da waren Konflikte mir Ökonomie, Baukommissaren, Rechtsaufsicht, Konzernen, Schmiergeldern, alles das, er liebte es. Er hatte das alles im Griff, lebte dieses Alter, kurz über fünfzig, in dem du alles im Griff hast und gleichzeitig schon Rückblick, Erfahrung, ein großartiges Alter, dachte er, großartig. Sein Magen drückte, als wäre da ein Stein. Und dann: B.

Diese Sache mit B., deren Namen er nicht mal denken durfte. B. sollte am Abend nachkommen, das war abgesprochen. Dumme Geschichte, lief seit über fünf Jahren. Eigentlich wollte er sich mehr mit den Grundlagen befassen, mit Politik, Philosophie, Soziologie: das Altwerden als Bereicherung, als Erweiterung: Eine Chance, dass er auf die fünfundfünfzig zuging und aktiv alles machen konnte, alles, nahezu genauso wie schon immer. Und sogar besser! Einige Preise bekommen, einen Ruf an die Hochschule angenommen, Vorlesungen zum Thema »Polis und Praxis«, aber B. ja, das sah er klar, im Ford Capri, im Wagen seines alten Schulfreundes an den Feldern vorbeifahrend und durch die Wälder, B. hatte sich nicht einfach übergehen lassen. Kollegin in seinem Büro, zehn oder zwölf Jahre jünger, blitzgescheit, großäugig und gesund. Rehartig, keine Chance, ihr zu entkommen. Nicht dafür gebaut, so einer Chance auszuweichen, nicht in der Lage, die Todsünde zu begehen, überhaupt eine Frau abzuweisen, Luis.

Das Hotel war schnell gefunden, eine dünne weiße Kreideschrift von Hand auf Glastür, »Magritte«, drei-, vierstöckig, ein Raum zur Straße hin. Er nahm immer nur Zimmer zur Straße. Als er das Hotel betrat, flammte hinter ihm schon die Straßenbeleuchtung auf, sodass er die Stufen im dämmrigen Treppenhaus erkennen konnte. Er misstraute großen, sauberen Hotels; mochte diese kleinen, lausigen Absteigen, die ließen ihm das Gefühl, er wäre in einem alten Roman, den er selbst schrieb, und er tastete sich Schritt für Schritt die Holzstufen hinauf, zweiter Absatz, Zimmer sieben. B. wollte nachkommen, Luis musste unbedingt noch auf B. warten. Zimmer sieben, hatte die Zahnlose genuschelt und ihm einen zierlichen, kalten Schlüssel in die Hand gespielt, mit einem Blick, als ginge es um Bankgeheimnis oder Mord, dieselbe Zahnlose wie letztes Jahr. B. wollte bis zehn Uhr spätestens nachkommen. Zehn Uhr nachts.

Zimmer sieben war gewohnt muffig. Wie oft war er hier schon abgestiegen! Und immer war er sofort eingeschlafen und erst am Morgen wieder erwacht, als gäbe es tatsächlich beruhigende Schwingungen, elektromagnetische Wellen oder Felder auf einer Wellenlänge mit seinen Hirnzellen oder Feldern, dieselbe Frequenz. Der Straßenlärm der ostbayerischen Kleinstadt brummelte beruhigend, die Fensterläden geschlossen, das Lichtmuster der Lamellen auf dem Bett. Er wusste, am nächsten Tag würde es um »alles« gehen – na schön, die übliche Übertreibung unter Kollegen, um alles. Unsinn, klar. Er kannte das schon, das Spiel. Angebot, Ablehnung, Schachern, Modifizierung, wieder Neueinstieg. Früh um acht das Vorgespräch mit dem Bürgermeister, Partei gleichgültig. Er als Planer galt ohnehin als Exot, Subtropiker. Entscheidende Weichenstellung. Meine Assistentin, Frau B., ah, würde der Bürgermeister sagen, freut mich, würde er sagen und dieses undurchdringliche, unverschämte ostbayerische Lächeln zeigen. Luis konnte mit Bürgermeistern. Hatte die Akte noch abends aus dem Koffer holen wollen, aber die Erschöpfung warf ihn aufs Bett. Im Magen der Druck, wie ein Stein, Magenstein, dachte er, womöglich hatte er einen Magenstein, sehr witzig. Den Rollenkoffer im Auto gelassen, glatt vergessen. Ohne Koffer die Treppe hinauf, an der Alten vorbei, die immer da war, bei Tag und bei Nacht. B. war nicht mehr gekommen. B. sollte nachkommen, das war Plan. Luis war voll angezogen und sogar noch im Mantel, einem leichten, taubenblauen Trenchcoat aufs Bett gefallen, hatte nicht mehr auf B.

Der Hauch von Haaren, die über sein Gesicht strichen und das Parfum von Wiesenblumen weckten ihn, etwas streichelte seine Brust, war durch den Mantel gedrungen, kreiste behutsam abwärts, Luis wollte sich nicht bewegen, hielt still, da eine kühle kleine Hand sich mit seinem Körper einließ, der widerwillig reagierte. Luis Bärmann, halb wach, fand seinen Körper träge, aber es war sicher nur Traum, so einen schlaffen Körper kannte er nicht, hatte er nicht, dieser langsame Körper, der bisher immer sofort reagiert hatte, oder er, Luis, träumte, dass das nur ein Traum sein konnte, oder es war dieser »Roomservice«, ein neuer Service, von dem die Alte gemurmelt hatte, oder es war die Alte selbst. Sie war gar nicht mehr zahnlos, fiel ihm da ein. Noch letztes Jahr war sie zahnlos gewesen. Dieselbe Alte, die letztes Jahr noch zahnlos gewesen war, war vorhin nicht mehr zahnlos gewesen. Dieselbe Alte wie im letzten Jahr, hatte ihm den Schlüssel zu Nummer sieben gegeben und tadellose Zähne gezeigt, kurz gelächelt, genuschelt, ja, aber mit Zähnen, das fiel ihm jetzt ein. Es war noch dunkel draußen, noch kein Tageslicht. Seine Finger wanderten hinüber, schläfrig, tasteten in das Warme, Weiche, suchten das gewohnt Warme, Weiche, er musste eigentlich weiter schlafen, konnte sich hier keine Eskapaden leisten, sah auf die grünen Ziffern einer Uhr an der Wand, die auf drei Uhr stand, wie schon am Abend, als er den Raum betreten hatte, aber es mochte tatsächlich gut drei Uhr sein. Das Wesen, das ihn berührt haben musste, stand plötzlich auf und glitt hinaus. Jung und schlank, dachte Luis, vermutete, konnte nichts erkennen, nur schlank und jung und zart, etwas anderes kam nicht infrage, und zur Tür und glitt, das konnte die Alte nicht sein, leicht hinaus. Vielleicht war es ja doch die Alte. Das Schloss klickte zart und metallisch. Für eine Trennung von B. war es zu spät. Aber auch zu früh. Er fand sich am Fenster stehend, drehte am Griff, zog es einen Spalt auf und sah hinunter auf die stille, die schwarze Straße. Es konnte wirklich nur etwas wie drei Uhr morgens sein. Und unten im Rinnstein, im Licht der Neonstraßenlampe, erkannte er zwei Ratten, die sich, so schien es ihm, küssten.

BRESS

Bei Mutti

Wohnungen öffnen

Das habe ich dir doch schon gesagt, Mutter, die Praxis geht schlecht, seit vier, fünf Jahren, rote Zahlen. Deshalb mache ich das mit den Wohnungen. Verstehst du mich? Jede Woche. Es genügen ein oder zwei Wohnungen pro Woche. Dann bin ich im grünen Bereich. Mehr mache ich nicht. Und keine Autos mehr, versprochen.

Du hast damals gesagt, okay, aber pass auf dich auf, hast du gesagt. Jetzt willst du nichts mehr davon wissen. Warum sagst du nichts mehr? Du hattest es doch schon einmal eingesehen, Mutter, mich verstanden! War eine Fehlentscheidung, Arzt zu werden, bin nur dir zuliebe Arzt geworden. Deshalb gehe ich jetzt Wohnungen öffnen. Nur hin und wieder. Du warst damit einverstanden.

Ich mache es über den Balkon, ganz ungefährlich, wie damals, als Kind. Du hast damals immer gesagt, wenn wir den Hausschlüssel verloren oder vergessen hatten, ach, Rolfi, du bist mein Eichhörnchen, mach schnell die Tür auf: erst aufs Garagendach, dann die Dachrinne hoch und dann über den Balkon. Hast du gesagt – erinnerst du dich?

Vormittags, wenn die Leute einkaufen, Mutter, zur Schule gehen, zur Arbeit. Vormittags, das habe ich dir doch schon erzählt, da bin ich telefonisch nicht zu erreichen, in der Arztpraxis. Ich hatte mich auf Chirurgie spezialisiert, aber ich bin kein Chirurg. Chirurg kann ich nicht, Chirurgie, das war der Hauptfehler! Wenn du vormittags anrufst, bin ich öfter mal nicht da, das weißt du. Ich konnte deine Galle nicht untersuchen, Mutter, weil ich anderweitig zu tun hatte. Sehr viel zu tun. Vormittags. Natürlich gibt es auch Nachmittagsspezialisten. Dämmerungsbanden, ab Oktober gibt es diese Dämmerungsbanden, jedes Jahr. Sie arbeiten nur von Oktober bis Ende März. Ich persönlich bevorzuge die regelmäßige Ganzjahresarbeit. Übrigens, da musst du auch aufpassen hier, bei deinem Häuschen. Vor allem Rumänen, Serben, Kroaten. Sie machen es zwischen drei und fünf am Nachmittag, das ist mir aber zu stressig, weißt du.

Ich muss nachmittags in der Praxis sein. Das ist zwar nicht ideal, diese Verantwortung für andere Menschen. Ich hasse es, für andere zu arbeiten, Verantwortung zu tragen, Entscheidungen zu treffen in der Praxis, hätte das nie studieren sollen. Aber ich war eben begabt, musste irgendwie entscheiden. Du hast mich in die Chirurgie gedrängt. Das brächte das meiste Geld. In der Chirurgie habe ich vollkommen versagt. Die Chirurgie ist die Hölle! Du wolltest, dass ich dich einmal operieren kann, wenn es dir schlecht geht. Du sagtest immer, »wenn es mir einmal schlechter geht, wenn ich es mal mit der Galle habe, mit dem Magen, Rolfi, dann kannst du mich gleich operieren«.

Ich habe es dir versprochen, weißt du noch. Du warst einverstanden. Jetzt plötzlich schweigst du. Willst du mich verraten? Nur noch zwei Wohnungen pro Woche. Dir zuliebe. Da wird man nicht reich. Keine Autos, keine Banken, nur Wohnungen. Häuser, besser gesagt. Am Vormittag, vollkommen ungefährlich! Vormittags ist es ruhig. Die Leute fühlen sich noch sicher. Nachgewiesen, Mutter: Da gibt es Studien! Es gibt eine Gefühlskurve »Sicherheit«. Bis Mittag sind die Menschen sorglos, sie sind froh, dass die Nacht vorbei ist, sie brechen auf in den frischen Tag, haben die Ängste der Nacht durchlebt, lassen sie hinter sich, die Stunde des Wolfs, die Sorgen. Und sehen dann das Tageslicht und haben einfach bis mittags keine Angst. Es gibt auch kaum Einbrecher bis mittags. Statistisch erwiesen. Das muss man nutzen. Danach steigt die Angstkurve langsam an. Die Menschen sind dann so gegen fünf, halb sechs am Nachmittag extrem vorsichtig. Nur in der früh sind sie sorglos! Ich gehe hinauf in den ersten Stock, meine Klientel ist ausgegangen oder döst ahnungslos unten vor dem Fernseher. Ja, vormittags vor dem Fernseher, du hast keine Vorstellung, wie die Leute leben, Mutter. Ich nehme nur leichte Ware, Geld, guten Schmuck. Man muss sich auskennen, natürlich. Ich nehme doch keinen Teppich, bist du wahnsinnig! Ein hübsches kleines Gemälde, ein Renoir, auch eine gute Kopie, warum nicht. Du hast mir immer gezeigt, was guter Schmuck ist, Mutter, gute Kunst. Und ich trage dabei keine Last für andere, nur noch mich selbst, ganz frei, ein Vogel des Himmels. Kein Halbedelstein, Turmalin, Amethyst, all dieses Zeugs. Keine halben Sachen mehr im Leben.

Eigentlich wollte ich mich schon voriges Jahr zurückziehen. Wollte mich mit fünfzig zur Ruhe setzen, wollte nur noch die Planung, Strategien entwerfen, Logistik, Timing. Straßenzüge erkunden, Gegenden ausbaldowern, wie man sagt. Du weißt doch, ausbaldowern, jiddisch, hast du selbst gesagt, geht aber nicht. Kein Personal mehr, niemand macht die Schmutzarbeit: den Einstieg, das Eigentliche. Sie sind so unzuverlässig geworden. Es ist wie damals, in den Sechzigern, weißt du noch. Du hast immer gesagt, es ist nichts mehr wie nach dem Krieg. Kurz nach dem Krieg gab es noch gutes, billiges Personal. Wir wollen nicht reden von vor dem Krieg. Du bist in den Bayerischen Wald hochgefahren und hast dir Personal geholt fürs Geschäft. Nach dem letzten Krieg. Erinnerst du dich noch? Da gab es noch Personal, aber jetzt, hast du schon in den Sechzigern gesagt, jetzt bekommt man kein Personal mehr. Heute sage ich es. So ist es. Niemand will die eigentliche *Arbeit* noch machen. Entweder sie folgen aufs Wort, dann sind es Halbidioten, Sklaven, hast du gesagt, oder sie sind intelligent, dann sind sie stinkfaul, überteuert und unberechenbar! Sind deine Worte, erinnerst du dich, Mutter, die Sechziger, erinnerst du dich wenigstens noch daran? Nicht mal zum Schmiere stehen taugt es, dieses junge Volk! Alles zu lässig! – Der kleinste Job muss doch präzise gemacht sein, jedes Rädchen muss doch exakt ins nächste greifen, selbst bei einer kleinen Sache.

Also, ich muss es immer noch selbst machen, alles. Ich mache es auch wirklich gerne und gut inzwischen, perfekt. Es erfüllt mich, ganz ehrlich. Bin jetzt ein guter, erfahrener Chirurg des Hauseinbruchs, scharfes Auge, ruhige Hand. Ich sehe sofort an einem Haus, ob etwas geht oder nicht. Ich sehe auch, was innen ist, ich sehe durch die Wände, Mutter! Ob was zu holen ist, ja, ich bin angesehen in meinen Kreisen, Best Man in Town! Das können nur ganz wenige. Durch die Wände sehen!

Und die Stellung eines Fensters, eine Bewegung am Vorhang, vertrocknete Geranien im Vorgarten. Aber ich mache keine Autos mehr, Mutter, ich habe es dir versprochen, lohnt sich auch nicht mehr wirklich. Ein gutes Juwelengeschäft, das vielleicht noch, einmal im Jahr. Aber die Autobranche ist längst gelaufen. Weißrussische Banden! Moldawier! Man muss sich heute spezialisieren, in jedem Job, und es läuft ja ganz gut, hörst du, das mit den Wohnungen, den Villen. Also frage mich nicht mehr nach der Arztpraxis, das nervt. Du weißt, ich darf nicht lügen. Du hast mir immer das Lügen verboten. Also bitte, lassen wir die Praxis aus dem Spiel. Mit Geistesarbeit, hast du immer gesagt, kann man nicht reich werden. Mit Geistesarbeit, mein Kleiner, hast du immer gesagt, kannst du es nie zu etwas bringen! Hast du gesagt – erinnerst du dich?

Die Mutter sitzt im Rollstuhl. Der Rollstuhl steht auf dem Balkon ihres kleinen Hauses, und sie schaut zwischen den hellblau gestrichenen Holzleisten des Geländers hindurch und hinunter in den Garten, auf die wilden Rosen, den Schmetterlingsbusch. Sie hat nach jedem Satz »ach« gesagt und manchmal hat sie gesagt: »flink wie ein Eichhörnchen«. Ein Specht beginnt plötzlich wie besessen in eine der alten Buchen des Gartens zu hämmern, und sie sagt: »hör mal, ganz wie damals, hörst du das?«

Altes Glück

Sie hatte immer das passende Geschenk für ihn in der Tasche.

Sie klingelte, er öffnete die Tür, Maman, sagte er, du hast sicher wieder das passende Geschenk in der Tasche!

Sie trug einen reifengroßen lila Hut, und ein Flechtkorb mit Henkel hing über ihrem Arm. Im Korb lag nur die Papiertüte, bunt und fünfzehn mal zwanzig Zentimeter groß, sie trug die Aufschrift »Wundertüte« in roter Farbe und war leicht ausgebeult.

»Ah, diesmal eine Tüte, was für eine Überraschung«, sagte er.

»Du hörst mir nie zu, ich habe dir doch schon gestern gesagt, was es diesmal wird, schließlich wirst du fünfzig«.

Und er noch mal: »Was für ei – ne Überraschung Maman«! Sie drückte ihm den Korb in die Hand, und er stellte ihn in den Flur seiner winzigen Wohnung. Dann bewegte sie ihren grellen, klebrig glitzernden Mund auf sein Gesicht zu.

Er wich aus mit seinen Lippen, auf ihre linke Wange, von ihm aus betrachtet. Sie zeigte mit ihrem Finger auf ihre halb geöffneten Lippen, »hier« machte sie, »hier drauf«! Für gewöhnlich wich er nach rechts aus, oder auf die Stirn, auf das Kinn. Diesmal wollte er nach links, aber sie zuckte ihm entgegen, unwiderstehlich, unausweichlich. Danach drehte er den Kopf zur Seite und beugte sich hinunter zum rechten Hemdsärmel, in blitzartiger, Jahrzehnte lang, das konnte man sehen, einstudierter wischender Geste, geräuschlos und lächelnd.

Als sie ging, nach etwa zwei Stunden, brachte er sie zu ihrem Pick-up. Er führte sie von seiner Zweizimmerwohnung im dritten Stock durch das Treppenhaus hinunter und zu ihrem Wagen, der zwei Straßen weiter stand. Sie kletterte hinauf und hinein, und er warf von unten die Wagentür zu und winkte zum Abschied zu ihr hinauf. Auf der Ladefläche hatte sie blaue Plastiksäcke liegen voll von Geschenken für alle möglichen Leute und Gelegenheiten.

Im Flur seiner Wohnung holte er die Tüte aus dem Korb. Sie war auf allen Seiten fest verklebt. Auf der Vorderseite gab es einen Warnhinweis: »Beim Verschlucken des Inhalts kann es zu Verhärtungen des Magen-Darm-Trakts kommen.« Er drehte sie langsam in den Händen, öffnete die unterste Schublade seines Schreibtisches und legte das Geschenk sorgsam zu den anderen Tüten. Er ging zum Telefon und wählte sofort ihre Nummer. Sie war noch nicht zu Hause. Nach einer halben Stunde die Melodie, das Telefon, ihre Stimme:

Allo allo, ich bin gut angekommen, gar kein Verkehr, mein Liebling!

Schön, sagt er, übrigens, dein Geschenk, wieder großartig, wieder wie immer!

Na siehst du, sagt sie, was ist es denn?

Du hast einfach Glück mit dem Schenken, Maman, es ist genau, was ich wollte.

Und ich sorge mich immer so. – Es macht dich glücklich?

Ja, Maman, das tut es, absolut. Dein Geschenk macht mich immer glücklich.

Die Hunnen vor Triest

In den Fünfzigerjahren rollten wir mit den ersten Urlaubskolonnen nach Italien. Ich war gerade elf und es war Hochsommer. Wir hatten über die Glockner-Passstraße und Udine schließlich Triest angesteuert, weil Vater unbedingt in diese Stadt wollte. Politisch interessant, meinte er. Ein muffiges, enges Hotelzimmer in der Altstadt. Bröckelnde, lila Blümchentapeten. Die Hitze erstickend. Wir waren so erschöpft, dass wir sofort nach der Ankunft im Hotel ohne Essen zu Bett gingen. Ich las noch ein oder zwei Seiten in der Nibelungensage, einer Kinderfassung, die ich auf die Reise mitgenommen hatte.

Mutter war gefahren, weil nur sie den Führerschein hatte. Vater saß vorne, leicht nervös. »Writers don't drive« – er war Journalist, verweigerte den Führerschein. (Erst viel später erfuhr ich, dass er Angst vor der Prüfung hatte.) Ich hatte den Auftrag, nach hinten zu schauen, wenn Mutter überholen wollte. Und sie wollte ständig überholen. Dann musste ich rufen: »Bahn frei! Schalten! Geschafft!« Ich war jedes Mal extrem angespannt, krallte meine Finger vorne in die Polster und drehte gleichzeitig den Kopf nach hinten. Es gab Anläufe, Abbremsen, Abbrüche. Vor allem bei Lastwagen, »Trasporto latte« zum Beispiel, an denen kam sie einfach nicht vorbei! Sie hatte Augen und Hände voll damit zu tun, den DKW »3=6« Coupé in Spur zu halten. Der war natürlich etwas ganz Besonderes. »Kein Vergleich mit dem VW-Käfer, den alle anderen fahren. Vorderradantrieb. Im Grunde ein kleiner Mercedes.« Kilometer für Kilometer kämpften wir uns südwärts. Es dauerte Tage. Der Innenrückspiegel war völlig verdreht, der Außenspiegel grundsätzlich unbenutzbar. Gegnerische Fiat Millecentos fuhren wie die Teufel und hatten deutlich mehr PS als unser Stolz, der knapp über dreißig hatte. Sie setzten die Blinker und im selben Moment waren sie schon auf der linken Spur. Das Blinklicht tickte bei denen die ganze Zeit bis zum vollständigen Ende des Manövers. Wichtig war, virtuos zu überholen, wenn einer entgegenkam.

Die Italiener ließen die Scheinwerfer aufblinken, hupten in jeder Kurve, schienen bestens gelaunt und hatten die Zigarette im Mundwinkel. Selbstverständlich fuhren ausschließlich Männer.

Die Luft eine heiße, klebrige Masse, in der wir uns wälzten, ohne Schlaf zu finden. Ich auf einem weich schwimmenden Sofa, die Eltern im Doppelbett. Sie flüsterten halblaut, stritten über irgendetwas, wie meistens. Das »Matrimoniale« knirschte, wenn Mutter aufstand, ein Geräusch wie »prego«, das einzige Wort, das ich kannte. Später lernte ich noch »mi favorisca il sale, perfavore« aus dem Mini-Langenscheidt. Sie öffnete den Wasserhahn. In einer der Zimmerecken hing ein rissiges, braun geflecktes Emaillewaschbecken, in das ein grün-grauer, lauwarmer Strahl rieselte. Sollte kühlen. Sie stritten, ob das Wasser nachts ständig laufen sollte oder nicht. Durch die dünnen Fensterscheiben flatterten italienische Wortfetzen, das Hupen der Autos und das leicht gedämpfte Knattern der Motorräder zu uns herein. Mutter legte sich hin. Vater stand auf, hielt abwechselnd Unterarme und Genick unter das Rinnsal. Seine mächtig geschwollenen Muskeln glänzten. Bläuliche Adern. Er hatte die langen Ärmel ganz hochgeschoben. Aus seinem knielangen Nachthemd schauten die Waden heraus, wie behaarte Keulen. »Zu Fuß bis Moskau marschiert«, hatte er einmal erzählt, »im Fernglas war schon die Ringbahn zu sehen, dann der Winter, der Nachschub brach weg, keine Chance. Hitler hat uns verschaukelt.« Das Wasser aus dem Hahn schmeckte schal und roch nach Chemie, als ich meinen Durst stillen wollte. Vater erwähnte den Krieg selten. Nie sprach er über Heldentaten oder Kriegsgräuel. Nur über die Ringbahn vor Moskau. Er war an der Front gewesen und wurde verwundet, er hatte erst gesiegt und dann verloren, das war alles, was ich wusste – und es war für mich völlig klar, dass er ein Held war. Aber einer, der sich nichts daraus machte. Es war so ganz nebenbei.

Wie Siegfried und Gunther, die beiden Helden aus dem Nibelungenlied. Klar, dass ich Siegfried war, unbesiegbar und, wenn nötig, mit Tarnkappe! Und was war Brünhilde für eine abstoßende, gewalttätige Frau, die ihren Mann einfach an einen Haken hängte! Und Gunther? Gut, dass die Männer zusammenhielten. Ich stürzte mich mit Wonne in die grausame, ferne und mir so vertraute Welt des frühen Mittelalters. Nur mit Kriemhild kam ich nicht klar. – Es war rätselhaft, wieso diese einfältige Provinzwitwe mit dem hässlichen Namen nach Siegfrieds Tod den feindlichen Hunnenkönig heiraten wollte und durfte. Ihr blutiges Ende geschah ihr recht. Es war allerdings in Triest noch nicht dran.

Mutter stand auf, die Matratze knirschte »prego«. Sie wollte das Fenster einen Spalt öffnen, Vater raunzte wegen des Lärms. Es musste über dreißig Grad haben im Zimmer, wahrscheinlich gut vierzig. Mir war Gunther im Grunde sympathischer als Siegfried. Ein mittelmäßiger, gerader Typ, der die falsche Frau hatte aber den richtigen Freund. Das war okay. Die zickigen Frauen waren ganz typisch eitel und hinterlistig. Genau wie die Mädchen in der Schule bis auf ein oder zwei, an die ich aber nicht rankam.

Das Fenster blieb zu, das Licht wurde gelöscht, dann fielen sofort die Mücken über mich her. Sie waren für mich wie Tiefflieger im Krieg, von denen ich gehört hatte. Ich kämpfte zuerst, erschlug drei oder vier, jagte sie mit der Taschenlampe und zog mir dann verzweifelt resignierend das hauchdünne Baumwolltuch über den Kopf. Was hätte Siegfried an meiner Stelle getan? Durch die dünnen Wände der Lakenhöhle hörte ich Mutter und Vater abwechselnd aufstehen, um ihre Armbeugen und Fußgelenke unter das Rinnsal zu halten. Die Straßenlampen warfen schmale Lichtstreifen durch die Ritzen der Fensterläden an die Zimmerdecke. Mutter trug ein durchsichtiges rosa Nachtgewand, das sie »Negligé« nannte. Es zeigte alles. Sie schien sehr stolz darauf zu sein und ging öfter als nötig damit im Zimmer auf und ab. Ich musste Nachthemd tragen, dicke Baumwolle, zartblau. Durch das Laken hörte ich die Mücken gedämpft sirren, spähte immer wieder unten durch, um Luft zu holen und sah Mutter, spärlich beleuchtet, in ihrem peinlichen Gewand auf und ab gehen.

Endlich schimmert das erste Tageslicht durch die Fenster. Es wird kühler und gleichzeitig lauter. Zuerst wird es lauter und kühler und dann nur noch lauter. Der Lärm bricht mit einem

Mal von draußen herein, als Mutter ganz kurz das Fenster einen Spalt öffnet. Vater schnorchelt total entspannt in sein Kissen. Er hatte Moskau überlebt – was konnte ihm Triest noch anhaben? Die Doppelmatratze setzt jedes Mal Bewegung in Geräusch um. Mutter springt ständig auf und hält irgendein Körperteil unter den Wasserhahn, und ich versuche, wieder einzuschlafen. Ich glaube nicht, dass sie es irgendwann miteinander gemacht haben auf der Reise. An diesem Morgen sowieso nicht, aber auch während des ganzen Urlaubs konnten sie es eigentlich nicht gut machen, denn wir waren immer zu dritt. Und wenn doch, hätte ich mit Sicherheit nicht gewusst, was sie da überhaupt veranstalteten. Die Sache war absolut tabu. Im Ernstfall hätte ich angenommen, dass sie versuchten, sich umzubringen. Meist hielt ich bei Streit zu Vater, und ich hätte ihm sicher auch bei diesem entscheidenden Kampf die Daumen gedrückt. Aber, wer weiß, nach all den Jahren.

Außerdem war es zu heiß. Laken und Nachthemd klebten auf der Haut, das Wasser tropfte glucksend aus dem Hahn. Durch die Abflussleitung des Hotels hörte man feste Gegenstände nach unten fallen. Das raue Sofa pikste durch das Laken in die Haut. Ich schlief irgendwann erschöpft ein, und als ich wieder aufwachte, waren meine Eltern schon angezogen. Es roch nach süßer Seife und starkem Rasierwasser, und durch das weit geöffnete Fenster schwappten der Höllenlärm und das gleißende Licht des italienischen Augusttags herein. Mein Vater, so denke ich heute, muss den Duft und den Lärm und das Licht in diesem südlichen Sommer, so wenige Jahre nach Kriegsende unglaublich genossen haben.

Als wir nach dem Frühstück zu dritt zum Hafen hinunter gingen, wo ein riesiger Überseedampfer am Kai lag, sagte er gut gelaunt: »Das also ist Triest, mein Junge. Wie findest du es? Die Italiener haben es geschluckt. Es sollte eigentlich neutral sein, unabhängig.« Völlig gerädert von der Nacht und in einem Alter, in dem aus mir noch etwas werden sollte, dachte ich darüber nach, wie sie eine ganze Stadt schlucken konnten. Der Vater sprach von politischen Spannungen, Kriegsgefahr, Russen und Amerikanern, und kurz vor dem Hafen fügte er hinzu: »Tito will es auch haben, der Jugoslawe, aber die Italiener werden es natürlich nie wieder hergeben.« Die Italiener schienen gierige Hunnen, die statt der Pferde ihre Fiat Millecentos ritten. Ich war sicher, wenn Triest einen Gunther, Gernot oder Giselher in seinen Reihen gehabt hätte, ganz zu schweigen vom alten Waffenmeister Hildebrandt, sie hätten die Stadt und ihre Freiheit verteidigt, und die Hunnen hätten diesmal keine Chance gehabt.

Im Grunde aber war es mir damals viel zu heiß und stickig dort unten, und die Stadt konnte meinetwegen zum Teufel gehen. Ich nahm mir vor, sie nie wieder zu sehen. Es war die letzte Reise zusammen mit meinen beiden Eltern. Vater starb kurz danach an einem Tumor im Kopf, und viele sagten, dass eigentlich der Krieg daran Schuld war.

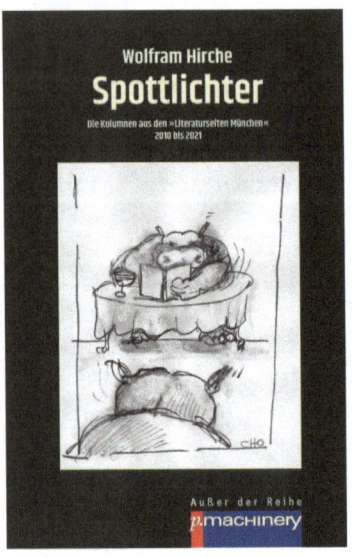

Wolfram Hirche
SPOTTLICHTER
Die Kolumnen aus den
»Literaturseiten München«
2010 bis 2021
Außer der Reihe 65
p.machinery, Winnert,
Januar|April 2022, 200 Seiten
Paperback: ISBN 978 3 95765
278 2 – **EUR 13,90 (DE)**
Hardcover: ISBN 978 3 95765
271 3 – **EUR 16,90 (DE)**
E-Book: ISBN 978 3 95765 827
2 – **EUR 4,99 (DE)**

Mit leichtem Spott und Ironie, scharf, aber nie verletzend beleuchtet Wolfram Hirche in seinen Glossen die seltsamen Seiten des deutschen Kulturlebens. Ob Goethes WhatsApp-Gruppe oder Seehofers Wildschweinabschuss, Walsers Schwimmprosa, der Nobelpreis-Skat mit Grass und Handke oder das tapfere Tirrilü einer einsamen Sängerin. Die knapp neunzig Texte sind in den letzten zehn Jahren auf Seite eins der »Literaturseiten München« erschienen und spiegeln die pubertären Jugendjahre unseres 21. Jahrhunderts bis zum Beginn der beklemmenden Corona-Pandemie.

Wolfram Hirche ist im Vorstand des Münchner Literaturbüros (MLb) und schreibt schon seit einigen Jahren satirische Glossen und Kolumnen, mit Schwerpunkt Literatur und Kultur für die »Literaturseiten München«. Storys und Lyrik gibt er schon seit einem Vierteljahrhundert zum Besten. Hirche ist mehrfacher Gewinner des Haidhauser Werkstattpreises. Mit Humor und Scharfsinn entgeht ihm keine literarische Schwachstelle.

Titelbild und Illustrationen schuf Christopher Oberhuemer.